天才宮廷画家の憂鬱

ドSな従者に『男装』がバレて脅されています

神原オホカミ

B's-LOG BUNKO

ビーズログ文庫

イラスト／iyutani

Contents

Character
Do S na jusha ni dansou ga barete odosareteimasu
ローガン・ラズウェル
宰相の従者。
見た目はずば抜けて良いが、
態度と口が悪い。
ジゼルのせいで
男性趣味と勘違いされたため、
『恋人』のようにジゼルをからかう。
ジゼル・バークリー
天才少年画家
【ジェラルド・リューグナー】
として活躍する女の子。
しかし、男装が
ローガンにバレて……!?
ドSな従者に『男装』がバレて脅されています
天才宮廷画家の憂鬱

カヴァネル・リーズリー

シェーン王国の若き宰相。
王宮不審死事件の犯人が
女王陛下ではないかと疑っている。

シャリゼ

シェーン王国女王。
即位してから後、ヴェールで顔を
隠すようになり言動も厳しくなる。

ウェアム

シェーン王国側妃。
王位継承権第一位のラトレルの母。

ラトレル

シェーン王国第一王子。
ある日突然消息不明となる。

シャロン

女王の侍女。
生まれつき話すことができないため、
筆談で会話する。

序章

天才少年画家〈ジェラルド・リューグナー〉は、シェーン王国の王都で評判の今をときめく油彩画家《ゆさいがか》だ。数年前に彗星《すいせい》のごとく現れ、巷《ちまた》で大人気だ。

『とても絵とは思えない！　彼は景色を丸ごと切り取って持ってきてくれたのだ！』

『本物と間違《まちが》えて、描《えが》かれたオレンジを食べそうになってしまった！』

『ジェラルドに絵を頼《たの》んで後悔《こうかい》する人は、世界に一人としていないに違《ちが》いない！』

克明《こくめい》な細密描写《さいみつびょうしゃ》の風景画や静物画は本物以上と賞《しょう》され、見たものをそのままキャンバスに写し取る彼の才能は、神の御業《みわざ》とまで言われていた。

——だが、そんな天才画家には、誰《だれ》にも言えない秘密があった。

画材の買い出しから戻《もど》るなり、油絵の具だらけの服を着た少年は身構える。

目がくらむように煌《きら》びやかな王宮の馬車が、アトリエとして借りている家の玄関先《げんかんさき》にどどんと横づけされていたからだ。

使者と思われるひ弱そうな男が、顔に困った笑《え》みを浮《う》かべて揉《も》み手《て》をしていた。

「ジェラルド様。そろそろ王宮にお越《こ》しいただけると、女王陛下《へいか》もお喜びになるかと」

「……えぇっと。猫《ねこ》の手も借りたいくらいの忙《いそが》しさでして」

あいまいに返事をすると、顔面に特別豪華《ごうか》な封書《ふうしょ》が突《つ》きつけられた。小柄《こがら》な少年はグレーの目をしばたたかせる。

圧力を込《こ》めた使者の笑みに、〈ジェラルド〉は引きつった笑顔《えがお》を返した。

封書を受け取って家の中に逃《に》げ込《こ》む。「お待ちください！」と後ろから追いかけてくる声を、ばたんと扉《とびら》を閉めて遮《さえぎ》った。

「む、む、無理だからっ……！」

これまで幾度《いくど》となく送られてきた、女王陛下からの『肖像画制作《しょうぞうが》』の依頼《いらい》を、ジェラルドはいつも理由をつけてことごとくお断《ことわ》りしていた。

〈ジェラルド〉は人物画も肖像画も依頼を拒否《きょひ》していて、今まで一度も受けたことがない。

——なぜなら、描けない理由があるから。

「行けないよ。だって、〈ジェラルド〉が女だって知られたら、絶対にまずいじゃん！」

帽子《ぼうし》を取って一息つくと、ジェラルド……もとい、女性であるジゼル・バークリーは肩《かた》を落としたのだった。

ジゼルが住むシェーン王国は、周辺諸国からも名高い芸術の国である。王国の歴史を築き上げてきた芸術家たちは、その時代背景からほとんどが男性だ。

それもあって、画家は男性の職業、という社会常識が国中に深く浸透《しんとう》している。

女性も趣味《しゅみ》として絵を描くことは可能だが、基本的に仕事として依頼を受けることはない。

――しかしジゼルは、『画家として巨匠《きょしょう》と呼ばれるくらい認められる』という夢を抱《いだ》いている。

そのため、性別を詐称《さしょう》し男装して、〈ジェラルド・リューグナー〉という偽名《ぎめい》で絶賛活躍中《かつやくちゅう》だ。

つまりジゼルは、男性になりきるというとんでもないことを仕出かしている。

けれど、画業以外に自分がやりたいと思うことも、また実際できる仕事もないため、後悔はない。

それでも嘘《うそ》をついている自覚はあるので、偽称《ぎしょう》が表沙汰《おもてざた》になってしまうのは避《さ》けたかった。だからジゼルは、人が多く集まる場などには一切《いっさい》姿を現さないようにしていた。

ところがその秘密主義が逆に騒《さわ》がれる要因となり、謎《なぞ》の天才少年画家という尾《お》ひれがつき困っているのが現状なのだ……。

なおかつジゼルの最近一番の悩《なや》みは、王宮から三日《みっか》に空《あ》けずやってくる女王陛下の肖像画制作依頼。

四年ごとに開催《かいさい》される、隣国《りんごく》との交流会が王宮で行われるのは四カ月後。

招待国の要人の来訪に合わせて、演劇や舞踏《ぶとう》や音楽など、この国が誇《ほこ》る伝統的な芸術の数々をお披露目《ひろめ》するのが恒例《こうれい》である。

もちろん絵画作品も例外ではない。王国の歴史を彩ってきた絵画は特に重要とされており、行事のかなめの一つだ。

人気と技法において今や右に出る者がいない天才画家〈ジェラルド〉に、目玉となる女王の肖像画制作の白羽《しらは》の矢《や》が立ったのは当然といえば当然だ。

「肖像画を引き受けたことがない私を選ぶのはちょっとなぁ……ほかにもいっぱい人物画が得意な絵描《えか》きはいるのに」

ジェラルドの名を一躍《いちやく》有名にしたのは風景画だ。隊商《たいしょう》商人《しょうにん》である家族と共に出かけた先で風景を描いたり、頼まれた場所に直接出向いたりして制作する。

しかし、人物画はモデルと対面する必要がある。小さい時には描いていたので、今も描けないことはないと思うのだが、長時間他人と接触《せっしょく》することは避けたい。

そのようなわけで、女王からの依頼も必然的に断っている。

「たしかに、女王陛下からご指名いただけるなんて、画家としては願ってもない名誉《めいよ》だけど……でも、本当の性別がバレたら大事件だもん。お城には行かない……ってあれ？」

いつもと違う色の封蝋《ふうろう》が気になり、ジゼルはごみ箱へ直行させる前に封書を開いた。

書かれた文字を読んだ瞬間《しゅんかん》──目を輝《かがや》かす。

「ジャン・ミゾーニレ・ファミルー未発表作品のお披露目会⁉　招待客限定⁉　絶対行きたい！」

ジャン・ミゾーニレ・ファミルーとは、およそ五百年も前に一世《いっせい》を風靡《ふうび》した画家で、ジゼルの永遠の憧《あこが》れだ。作品の多くは散逸《さんいつ》してしまい、現存数が極端《きょくたん》に少ない。

幻《まぼろし》とも言われる巨匠、ファミルーの作品をこの目で観《み》られるとあれば、雨が降ろうと槍《やり》が降ろうと絶対に行きたい。

内容を詳《くわ》しく確認《かくにん》しようとして、ジゼルはぎょっとした。

「げっ！　お披露目会は……今夜⁉」

行きたい気持ちと、性別偽称が露見《ろけん》したらという不安が、ジゼルの胸中で拮抗《きっこう》する。

「うーん……バレてお咎《とが》めを受けたとしても、やっぱり間近で観たい……」

処罰《しょばつ》として王都からの追放はあるかもしれないが、だとしてもファミルー作品は観る価値がある。

おまけに招待客限定となれば、千載一遇《せんざいいちぐう》の機会だ。

「行こう！　でも、正体がバレないように気をつけなくちゃ」

王宮の送迎馬車がまだ階下に停《と》まっているのを窓から確認するなり、これ幸いとジゼルは「お待ちください！」と呼びかけた。

手持ちの中で特に見栄《みば》えの良《い》いマスタードカラーの服を取り出し、大急ぎで着替《きが》える。

男装するため短く切ってしまった髪《かみ》の毛《け》は、赤みが強いが、毛先に行くほど栗色《くりいろ》になる。

悪目立ちするそれをベレー帽《ぼう》で隠《かく》せば、ちょっと可愛《かわい》らしい顔立ちの少年画家のできあがり。

鏡の前で最終確認をすると、ジゼルは小走りで玄関を飛び出した。

第一章　宮廷で真贋鑑定をする

王宮は街中を抜《ぬ》けて、さらに小高い丘《おか》の上にそびえ立つ。

到着《とうちゃく》すると、ジゼルは馬車を下りて玄関《げんかん》の衛兵に招待状を見せた。

一瞬《いっしゅん》驚《おどろ》いた顔をされたのは、十六歳という年齢《ねんれい》よりもずいぶん幼く見えるからだ。招待状がなければ、子どもが間違《まちが》って来たように見えるに違《ちが》いない。

ジゼルは衛兵たちのなにか言いたそうな視線をかわすようにして、ささっと中に入った。

追いかけてくるように「噂《うわさ》の天才画家ジェラルドを初めて見た！」という会話が聞こえてくる。衛兵たちから逃《に》げるように、慌《あわ》てて会場へ向かった。

期待していたほど身長も伸《の》びず、大人の男性用の服は丈《たけ》が長すぎて着られない。大人っぽく見えるデザインを選んだつもりではあったが、世間ではそう見えないらしい。

しばらくはなにごともなくすんだが、今度はジゼルの招待状を受け取ったお披露目《ひろめ》会の案内係の男性が、珍客《ちんきゃく》の来訪に声高《こわだか》に話しかけてくる。

「――ジェラルド・リューグナーって、あの天才画家の⁉」

案内係の嬉々《きき》とした声に気がつくと、さらに後ろにいた貴族の招待客までもがジゼルに興味を抱《いだ》き、辺りが騒然《そうぜん》とし始めた。

（わわわっ、みんな話しかけてきちゃった、どうしよう……！）

騒《さわ》ぎになるのはまずい、とジゼルが思ったその時。

「どうかしたのか――？」

よく通る印象的な声が耳に届いた。振《ふ》り向《む》くと、覗《のぞ》き込《こ》むようにジゼルを見る視線と目が合う。

声をかけてきたのは、絵から抜《ぬ》け出《で》てきたと言われても納得《なっとく》するような美しい顔立ちをした美丈夫《びじょうふ》だ。少し長めの黒髪《くろかみ》が、上品な顔回りで揺《ゆ》れている。

「……彼の招待状を見せてくれ」

青年は、ラピスラズリを嵌《は》め込《こ》んだような濃《こ》い青色の瞳《ひとみ》を細めて首をかしげる。話を振られた案内係の男性は、戸惑《とまど》ったように彼に招待状を渡《わた》した。

青年の着ている服は上等なもののようで、胸元《むなもと》には豪華《ごうか》な紋章《もんしょう》がついていた。おまけに城内で佩刀《はいとう》しているとなると、いいご身分確定だ。

「へえ。あんたが女王の依頼《いらい》を断《ことわ》り続《つづ》けている『天才少年画家』だったのか」

青年が背筋を伸ばすと、見上げてしまうほど背が高い。

ジゼルが押し黙っていると、彼は興味津々《きょうみしんしん》とばかりに口角《こうかく》を上げる。

「ひとまず中に入ってくれ」

「あっ……ローガン様、困ります。私の確認《かくにん》がまだ終わって――」

ローガンと呼ばれた青年は、困惑《こんわく》する案内係を無視すると、ジゼルの腕《うで》を素早《すばや》く摑《つか》んで受付《うけつけ》を通った。

（――助かった！　目立つのは困るから）

ホッとしながら後ろを振り返ると、未《いま》だに貴族たちに注目されている。ジゼルは気まずくなって、青年の陰《かげ》に隠《かく》れるようにして歩いた。

「……あの、ありがとうございました」

「顔に思いっきり『誰《だれ》か助けて』って書いてあったからな」

ジゼルが改めて礼を言うと、ローガンはくるりと向き直り、両手を腰《こし》に当て口元に弧《こ》を描《えが》く。

「なんの騒ぎかと思ったが、噂の天才少年画家のご来場だったとは」

「あははは……」

「珍《めずら》しい上に想像以上のお子様が来たから――そりゃ騒ぎにもなるな」

「……なっ！　子どもっぽいかもしれないけど、今それは関係ないですよね⁉」

気にしていることをグサリと言われてジゼルが思いっきり眉根《まゆね》を寄せると、ローガンはますます愉快《ゆかい》そうな笑《え》みを浮《う》かべる。

「ジェラルドは十六って聞いていたけど、十二の間違いじゃないよな？」

「――……正真正銘《しょうしんしょうめい》、十六歳です」

「俺の二つ下か。しかもまだ声変わりもしていないとはな」

肩《かた》を摑まれ探《さぐ》るように深く覗き込まれる。これだから人前に出るのは危険なのだ。ジゼルはあいまいに頷《うなず》きながら距離《きょり》を取り、少し声音《こわね》を落とした。

「助けてくれたのには礼を言いますが、容姿については大きなお世話ですっ！」

「へーえ……俺に言い返《けう》すのか。面白《おもしろ》い」

ローガンが稀有なものを見たような顔で謎《なぞ》の笑みを浮かべるので、ジゼルはムッとした。

「なにかありましたか？」

反論しようとしたところであまりにも近くから急に声をかけられて、ジゼルは驚きに肩を震《ふる》わせた。

ジゼルの真横から現れたのは、ローガンほどではないが、背が高く品の良い人物だ。ゆったりとした長衣《ちょうい》を着込み、高官を表す帯《ストラ》を首にかけている。

知性の灯《とも》る水色の瞳に、一つにまとめられた長い金髪《きんぱつ》。見るからに上流貴族だ。

「これは宰相殿《さいしょうどの》。この小さな男の子が受付で困っていたようだったので、おせっかいとは思いましたが助けて差《さ》し上《あ》げていたんです」

「宰相……!?　っていうか、小さい男の子ってさっきからほんと失礼だな!!」

「騒ぎだというから来てみたら……ローガンでしたか」

まだ若い宰相はジゼルを見つめると、端正《たんせい》な顔に似合う聡明《そうめい》そうな瞳を瞬《まばた》かせた。値踏《ねぶ》みされているように感じてしまい、ジゼルは彫像《ちょうぞう》のようにピタッと動きを止める。

ローガンに手渡《てわた》されたジゼルの招待状を確認し、宰相は口元を緩《ゆる》ませて首を縦に振った。

「あなたが、噂のジェラルド殿ですね。お会いできて光栄です」

一国の宰相に面と向かって話しかけられて、ジゼルはさらに緊張《きんちょう》で身を硬《かた》くする。

「申《もう》し遅《おく》れました。私は宰相のカヴァネル・リーズリー。彼は私の従者のローガン・ラズウェルです。どうか私に免《めん》じて、彼の非礼をご容赦《ようしゃ》ください」

「とんでもないです……たしかに態度と口調はあれでしたけど、助かりました」

「おいチビ助《すけ》、二言ばかり多かったぞ」

「ローガン」

カヴァネルは困った顔でローガンを諫《いさ》めると、いらぬおせっかいを口にした。

「せっかくですから、ジェラルド殿を会場へ。奥の広間にご案内してください」

ジゼルはぎょっとして断ろうとしたのだが、カヴァネルに微笑《ほほえ》みかけられて答えに詰《つ》まってしまった。

「話題の芸術家のご来場とあらば、皆《みな》あなたに話しかけたくて仕方がないでしょう。ローガンが側にいれば大丈夫《だいじょうぶ》です。ローガン、騒ぎにならないよう彼を助けてあげてくださ

い」

「いえ、そんな……そこまでしていただかなくても大丈夫です！」

「厚意《こうい》は素直《すなお》に受け取っておけ。さっきも困ってただろ」

ジゼルはまたもや腕を引っ張られて、あっという間に奥の広間に連れていかれた。

（ローガンてなんだか目立つから、一緒《いっしょ》にいられると逆に迷惑《めいわく》なんだけど……）

案内してくれるのは嬉《うれ》しいが、ジゼルはハラハラしっぱなしだ。

しかし、見目麗《みめうるわ》しいローガンに視線が集中するためか、縮《ちぢ》こまっているジゼルに招待客たちが近寄ってくる気配はない。

その点には安堵《あんど》しつつ、できるだけ目立たないようにと願いながら、広間の中央より後ろで立ち止まる。ローガンが指をさした先に視線を向けると、紫色《むらさきいろ》の布がかけられた大きなキャンバスが置いてあるのが見えた。

「あれが今夜お披露目されるファミルーの絵画だ」

作品への期待につい目が釘付《くぎづ》けになるが、と同時に威厳《いげん》のある女性がすぐ横の上座に座っているのが視界に入る。

「あの方は……」

「シェーン王国シャリゼ女王陛下《へいか》。先王の正室で、王子たちが成人するまでの言わば代理国王だ」

異様に高い背もたれの椅子《いす》に腰掛《こしか》けた女王の前に、挨拶《あいさつ》をするための人の列ができあがっている。しかし、肝心《かんじん》の女王の顔はベールで隠されていてよく見えなかった。

「後ろにあるどでかい肖像画《しょうぞうが》は、崩御《ほうぎょ》した先王だ。あんまり似てないけどな」

金髪に濃い青色の瞳をした大きな肖像画が、女王の後ろから場を見下ろしている。

「ところでチビ助。女王に『肖像画の注文をずっと断っていてすいません』って謝りに行かなくていいのか？」

さらりと痛いところを突かれて、ジゼルは唇《くちびる》をぎゅっと引き結んで曲げた。気まずくて、とても挨拶になど行けるわけがない。

「依頼を引き受けるつもりはないから……挨拶するだけ無駄《むだ》だよ」

ローガンの意地悪な質問にジゼルは心苦しくなる。そんな気持ちを吹《ふ》き飛《と》ばすかのように、オーケストラの演奏が催《もよお》しの始まりを告げた。

ほどなくして司会の男が気取った様子で絵画の横に姿を現した。広間が割れんばかりの歓声《かんせい》と拍手《はくしゅ》に包まれる。

「皆様《みなさま》、本日はファミルー未発表作品の特別公開にようこそお越《こ》しくださいました。今回、女王陛下も注目しておられる巨匠《きょしょう》、ファミルーの作品を王室に寄贈《きぞう》されたのは、王都一と名高い貿易商、ボラボラ商会です。今夜はその筆頭《ひっとう》殿に来ていただきました！」

「げ……ボラボラって、まさかあのボラボラ商会のことか⁉」

工房《こうぼう》の足元を見て、画家から二束三文《にそくさんもん》で作品を買い叩《か》《たた》くという悪評が絶えない貿易商だ。ついでに、隊商商人《たいしょうしょうにん》であるジゼルの家族の商売敵《しょうばいがたき》でもある。

そんな悪名高い商会が、なぜ王宮に絵画を寄贈する立場にあるのか。ジゼルにはまったくもって理解しがたい。

「では、さっそく——作品のお披露目といきましょう！」

筆頭がもったいぶった素振《そぶ》りで、絵画にかけられていた紫色の布を取《と》り払《はら》った。

ようやくお目見えした巨匠の絵画に、近くで観《み》ようと招待客らが殺到《さっとう》し、筆頭が誇《ほこ》らしげに解説を始めていく。

「くっ……観たいのに観えない……！」

ジゼルは絵画に群《むら》がっていく招待客たちの背に向かって、悔しそうにギリギリと奥歯《おくば》を噛《か》んだ。

「俺の肩を貸してやる。遠慮《えんりょ》するなよ、天才」

「うっ、うるさいな！」

横からくつくつと笑われて、ジゼルはムッと言い返した。

「お前、せっかく来たのになんで絵の前まで行かないんだ？」

「……いい。ここで鑑賞《かんしょう》するから放っておいてくれよ」

本音としてはかぶりついて観たいところだが、人が密集する場で万が一にも他人に触《ふ》れられたりして正体がバレるのはまずい。

遠くから指を咥《くわ》えて見ているしかないジゼルは、先ほどから筆頭が得意満面に開陳《かいちん》している解説に引っかかりがありすぎて、眉間《みけん》にしわを寄せる。

（筆頭は宝石商上がりだから、絵画の知識には乏《とぼ》しいはずなんだよなぁ……）

「この流れるようなタッチですが、ファミリー独特の手法を使っておりまして……」

筆頭の説明を半眼で聞いていたローガンは、ジゼルの訝《いぶか》しげな表情をちらりと見ると、ニヤッと口《くち》の端《は》を持ち上げながらつついてきた。

「なあチビ助……あれが贋物《にせもの》だったら面白いと思わないか？」

「……面白いどころか、大変なことになるだろ？　それからチビ助じゃない！」

「ボラボラのやつ、王宮で幅《はば》を利《き》かせる商会なんだが、どうも胡散臭《うさんくさ》い」

それに、叩《たた》けば埃《ほこり》が出るかもしれないと言われたところで、ジゼルの知った話ではない。

「……お前、天才と噂されるくらいだから絵画を見る目もあるよな？　作品が本物かどうか見極《みきわ》めてこいよ」

「はあっ⁉」

「絵を観たいからわざわざ来たんだろ。このままじゃ永遠に鑑賞できないぞ」

なにを言っているんだとローガンを見れば、彼の瞳が意味深にきらりと輝《かがや》いた。

断る間もなくジゼルの腕を掴んだかと思うと、次の瞬間《しゅんかん》、とんでもない行動に出る。

「ボラボラの筆頭さん‼　その作品の真贋《しんがん》を、この天才に確かめてもらわないか？」

ローガンのよく響《ひび》く声に、人々が振り返ってこちらを見た。ぽかんと口を開けたままのジゼルの背中が、不穏《ふおん》な予感にぞわりとする。

「失礼な！　これは、紛《まぎ》れもなくファミルーの作品です。鑑定書《かんていしょ》もここにあり……」

「鑑定書がそもそも本物かどうか、わからないよな？」

筆頭が言い返すも、ローガンが聞く耳持たずでぶった切る。

「だから、天才画家、ジェラルド・リューグナー殿に真贋を鑑定してもらおうと提案しているんだが……」

（ローガン……！　なんて余計なことをっ‼）

ジゼルは逃げ出そうとした。がしかし、強い力で腕を掴まれ動くことさえままならない。

「離《はな》せってローガン！　人前に出るのなんて嫌《いや》だからなっ！」

「ごちゃごちゃ言うな。これなら作品を間近でゆっくり鑑賞できるだろ」

「こんなにいっぱいの人がいたら、緊張してそれどころじゃない！」

ローガンの発言に、招待客たちは好奇心《こうきしん》でザワザワし始める。筆頭がローガンの隣《となり》にいるジゼルに気がついて、驚きの声を上げた。

「まさか……。そちらの子ど……少年が、あの天才画家、ジェラルド・リューグナー殿ですか？　ほとんど誰も姿を見たことがなく、実在するのかさえ——」

「ああ、招待状もあるし間違いない。ここにいらっしゃるのが、噂のジェラルド殿だ」

ひょいと前に押し出され、会場中の興味がジゼルに向けられた。もちろん、壇上《だんじょう》から女王の視線も突き刺《つ》さ《さ》ってくる。ジゼルは硬直《こうちょく》してしまった。

「これは、大変失礼をいたしました。ですが、わざわざジェラルド殿に見ていただかなくとも……」

「本物だったら価値が上がって国宝に認定《にんてい》される可能性があるだろ？　それに、ジェラルド殿は真贋鑑定に命をかけるそうだ」

（ちょっとやめて‼　誰が命をかけるって言った⁉　女だってバレたらどうするの⁉）

ローガンの煽《あお》りに、国宝になれば寄贈した商会の株も上がると考えたのか、筆頭は押し黙った。

焦《あせ》りのあまり血の気が引いたジゼルの耳元に顔を寄せ、ローガンは囁《ささや》く。

「もし贋物だったら、あいつの鼻を明かすことができる。お前もボラボラ商会が気に入らないんだろ？」

「それは、そうだが――……」

なんで商会を気に入らないことがローガンにバレたのだろう。

だが彼の言う通り、招待客たちが張りついている現段階ではせっかくのファミルー作品を観ることができない。しかし、鑑定するとなれば、至近距離で鑑賞できる……でも、注目されるのは困る。

悶々《もんもん》としていると、ローガンが招待客に向けて口を開いた。

「お集まりの皆様も、いつも姿を見せないジェラルド殿がせっかくいらしているので……余興《よきょう》ってことで文句ないよな？」

異議《いぎ》を唱《とな》える人はどこを見渡《みわた》しても現れない。それどころか、広間は期待に満《み》ち溢《あふ》れていた。司会の男性が女王に確認を取ると、女王もゆっくりと頷《うなず》く。

いきなりすぎる展開に顔面蒼白《がんめんそうはく》なジゼルの肩へ、大きな手がドスンと乗せられた。

「ほら。お膳立《ぜんだ》てしてやったんだ、行ってこい」

嬉々《きき》としている様子のローガンを睨《にら》みつけ、ジゼルは肩の手を払い落とした。

間近で鑑賞できる機会をくれたことには感謝するが、やり方と言い方にはつくづく腹が立つ。

「……わかった、確かめてくる。でも、あとでしっかりたっぷり文句言わせてもらうから、覚悟《かくご》しろよっ‼」

「あーはいはい。よーく見てこいよ」

ローガンは、こちらの威嚇《いかく》などまるで堪《こた》えた様子ではない。彼とこれ以上揉《も》めて人目を引くのも嫌なので、ジゼルは覚悟を決めると絵の前に進み出た。

（あぁっ……憧《あこが》れのファミルー作品をこんなに間近で観られるなんてっ‼　今この瞬間だ

けは、来てよかった‼）

ジゼルはファミルーの筆触《ひっしょく》を一筆も見逃《みのが》すまいと全方向から入念に絵画を眺《なが》めていく。

（え……？　これ、ファミルー作なんだよね。でも……）

ジゼルはすさまじい集中力で絵を凝視《ぎょうし》した。見ている方が固唾《かたず》を呑《の》むほどに。

しかし、鑑定時間のあまりの長さに痺《しび》れを切らし、招待客たちが飽《あ》き始《はじ》めた時――。


「――……贋作《がんさく》ですね。タッチが、違います」


ジゼルがぴしゃりと言い放ち、広間は吐息《といき》も聞こえないほどしんと静まり返った。

「バカな、ここにある鑑定書には」

「それなりに研究して描かれたのでしょう。すごく上手に、真似《まね》できています」

筆頭が慌てた声を出すも、ジゼルはファミルー絵画において己《おのれ》の鑑定に絶対の自信を持っているため、揺らがない。

「ファミルー作品は、流れるような独特のタッチが特徴《とくちょう》です。この作品はその技術を模《も》倣《ほう》しているだけで、使っている筆も、絵の具の種類も違うと思われます」

画面の一部を指さすと、会場中の視線がジゼルの指先に集まってくる。

「こちらの箇所《かしょ》ですが……下層の絵の具が乾《かわ》く前に、上から塗った絵の具のほうが先に乾いてしまったため、亀裂《きれつ》が起こる前兆が見られます」

本来絵に触《さわ》るのはご法度《はっと》だが……。ジゼルは贋物であることを証明するために、画面に指を押し当てた。

よく見ないと気がつかないが、触れば一目瞭然《いちもくりょうぜん》。ほんの少し指を押し当てただけで、あっという間に絵の具にひびが入り剝離《はくり》してしまう。

「ファミルーは絵の具の魔術師《まじゅつし》です。剝落《はくらく》するような絵の具の使い方は絶対にしませんし、サインも癖《くせ》が違います」

ジゼルは指についた絵の具を、ふっと吹いて地面に落とした。

「この絵は、ファミルーに似せて描かれた、まったくの贋物です」

堂々と『贋作』の断言をしてから、ジゼルは辺り一帯が静まり返ったままなのにやっと気がついた。

（……げっ！　私これ、結構やらかしちゃったかも……⁉）

「で、ですが、絵の出来栄《できば》えは本物と言われても、ほとんどの人が間違えます。たぶん」

慌てて取りつくろったところで後《あと》の祭《まつ》りだ。横にいた筆頭の顔が、怒《いか》りの赤を通《とお》り越《こ》してもはや紫《むらさき》に変色しかけていた。

（――……まずいっ！）

面目《めんぼく》を丸つぶれにされた筆頭は、今すぐにでもジゼルを呪《のろ》い殺《ころ》しそうな気を発している。

ジゼルの喉《のど》から悲鳴が出そうになったところで、気難しそうな声が広間に響いた。

「――さすが、ファミルーの再来と名高い、天才だ」

声の発せられた方を向くと、ベール越《ご》しでもわかるほど女王の鋭《するど》い視線がばっちりジゼルに投げられていた。

ジゼルは青ざめてその場で即座《そくざ》にひざまずき頭《こうべ》を垂《た》れる。

（しまった……ここには女王陛下もいらしたのに！　つい夢中になっちゃった！）

「ボラボラ商会も、贋作を摑まされたとあってはとんだ災難だったな。この場は私に免じて怒りを収《おさ》めるように」

女王は機嫌《きげん》が良《い》い様子で、困惑している招待客へ目線を向ける。

「稀代《きたい》の天才の眼識《がんしき》に惜《お》しみない拍手を。若き画家をたたえ、宴《うたげ》を始めよう」

女王の鶴《つる》の一声《ひとこえ》で拍手《はくしゅ》が巻き起こり、ジゼルは、助かったとホッと一息ついた。

オーケストラの演奏が始まると、余興に満足したのか方々で歓談《かんだん》が始まる。

「……時にジェラルド。そなたには、改めて私の肖像画制作を受けてもらう。辞退《じたい》は許さぬ」

威圧的《いあってき》に女王に声をかけられ、ジゼルは肩を跳《は》ね上《あ》がらせた。

自分で自分の首を絞《し》めたも同然だ。ずっとかわし続けていた依頼を、直接命を受けては断ることなどできない。

（やっちゃった……ローガンのせいだ！）

ジゼルは深々と礼をし、心底憂鬱《ゆううつ》な気持ちになりながら下がった。すると招待客たちはジゼルに興味津々の様子で近寄ってくる。

これ以上注目の的になるのは勘弁《かんべん》だ。家に戻ろうと、逃げるように人波をかき分けたところで、興奮した様子でカヴァネルと談笑《だんしょう》しているローガンが視界に入った。

（もー！　許さないローガン‼　帰る前に、一言文句言わないと……！）

ローガンはジゼルが怒っていることには気付かず、破顔《はがん》して駆《か》け寄《よ》ってくる。手を伸ばすなり、力任せにジゼルの肩を組んで引き寄せた。

「――よくやったな天才！」

「っ……⁉」

しっかりと肩を抱かれて密着してしまい、驚きでジゼルの怒りがすっ飛んだ。

（まずいまずい、男装がバレたら大変だから離れてっ‼）

ジゼルの焦りなど気にも留《と》めず、ローガンはさらに肩を痛いくらいに叩いて抱きついてくる。

「まさか本当に贋作だったとはな！　筆頭のあんな顔を見られて、スッキリしたぞ」

「ローガン、失礼ですよ。……すみません、彼は少々乱暴なところがありまして。ちなみにジェラルド殿は、このあとお時間はありますか？」

カヴァネルがローガンを引きはがしながら尋《たず》ねてきた。

勢いにまかせて「ありません！」と答えようしたものの、タイミング悪く給仕《きゅうじ》が声をかけてくる。

「失礼します。こちらは西の国より手に入った珍しいお飲み物です。ジェラルド様、ぜひお召《め》し上《あ》がりください。女王陛下から、先ほどの余興の褒美《ほうび》にと賜《たまわ》っております」

にこやかに言われて、ジゼルはトレーの上に置かれたおいしそうな飲み物に目を向けた。

「ありがとうございます！」

怒濤《どとう》の展開にいっぱいいっぱいになっていたジゼルは、ちょうど喉《のど》が渇《かわ》いていたんです、と喜んで受け取り一気に杯《はい》を空《から》にした。

「……うわ、なにこれめちゃくちゃ不味《まず》いっ!!」

口元を押さえながら、ジゼルは味と匂《にお》いが強いそれに眉《まゆ》をひそめる。

ずっとぽかんと様子を見ていたカヴァネルが、予想もしていなかった事実を告げた。

「大丈夫ですか？　かなり強いお酒のようですが……」

「え、これ……お酒ですか？」

先に言ってほしかった、とジゼルは顔を引きつらせた。

「私、お酒って飲んだことないです」

飲み干したものが酒だと認識《にんしき》した途端《とたん》、ジゼルの顔色はみるみる悪くなった。ローガンがぎょっと慌てた顔をする。

「お前、顔色が——」

「か、かかか帰りますっ‼　さようならっ！」

ジゼルは脱兎《だっと》のごとく出口へ向かって駆け出した。呆気《あっけ》に取られたままジゼルの後ろ姿を見送るローガンに、カヴァネルがこれ見よがしなため息を吐《つ》く。

「困りましたね……ローガン、心配ですからジェラルド殿を送って差し上げてください」

「はぁっ⁉　あいつが勝手に飲んだんだぞ？」

「ボラボラ商会をやり込めたかったのは、ジェラルド殿ではなくあなたでしょう？　極度の緊張からのアルコール摂取《せっしゅ》は危険ですよ」

「あー。まあ、たしかにやりすぎたか」

ローガンは面倒《めんどう》くさそうに息を吐くと、ジゼルのあとを追いかけた。

ジゼルはくらくらする頭を両手で押さえながら、ひとまず中庭に出ることに成功した。

「もう最悪！　お酒って知っていたら、絶対に飲まなかったのに……！」

走ったせいで余計に酒が身体《からだ》に回り、おまけに緊張の糸が切れてその場にへたり込んだ。

「なんだってあんな……不味いものをみんな飲みたがるんだろう？」

「——おい、チビ助。大丈夫か？」

追いかけてきたローガンは、息一つ乱さずにジゼルの横に膝《ひざ》をついた。月明かりに照らされた顔は、意外にもジゼルを心配している様子だ。

「ダメそうだな……横になれる部屋に案内してやる」

「いい。ここで休んでいれば大丈夫だから」

ローガンから離れようと立ち上がった瞬間、ジゼルの視界が揺らぐ。芝《しば》に倒《たお》れなかったのは、とっさに彼が支えてくれたからだ。

「酔《よ》ってるのに走るとか、お前バカすぎ。王宮医のところに運ぶか……」

「バ、バカじゃない！　大丈夫だ！」

医者に服を脱《ぬ》がされたら完全に終わる。なので放っておいてくれと言おうとして、急に視線が高くなった。

ローガンの肩に抱《かか》え上《あ》げられていると気づいた時には、すでに王宮内の薄暗《うすぐら》い廊下《ろうか》を進んでいる。

（あああ、マズイってこれはっ……！）

落ちないようにぎゅっとローガンにしがみついてから、身体が思い切り密着してしまっていることにジゼルは内心で悲鳴を上げた。

「ロ、ローガン！　大丈夫だから下ろせって！」

「大丈夫そうな顔をしてから言え」

暴れると頭痛が酷《ひど》くなり、吐《は》き気《け》が込み上げてくる。それでも正体がバレるわけにはいかない、とジゼルは必死に抵抗《ていこう》した。

「医者だけは本当に嫌だ!! 死ぬ！」

「うるさい！ わかったからじっとしてろっ！」

「ぐっ……」

気持ち悪さと正体が露見《ろけん》したらという焦りで、ジゼルはもはや万事休《ばんじきゅう》すと灰になりかけていた。

しかし、連れてこられたのは王宮医の元ではなくローガンの部屋だった。ソファーに寝《ね》かされたジゼルは、ローガンに消え入りそうな声で礼を言う。

「すまない。少し休めば大丈夫だから」

「まったく……医者が嫌《きら》いとか見た目以上のお子様だな」

ぶつくさ言いつつ、ローガンは渋《しぶ》い顔で水を持ってきてくれた。

「助かる」

だが、差し出された杯からふらふらの状態で水を飲もうとしたところで——手が滑《すべ》った。

「あっ、あああ……！」

そのまま盛大《せいだい》にこぼして、ジゼルは着ていた服を思い切り濡《ぬ》らしてしまった。

「……ものすごいドジだな。とりあえず服脱げ」

着替《きが》えを探すためにクローゼットを物色し始めたローガンを見て、ジゼルの酔いはすっと醒《さ》める。

（──待って待って！　ドジっていうか……これはダメすぎる！）

一気にジゼルの思考が回転し始めた。

「冷えたおかげでもう具合良くなった。帰る！　ありがとう！」

さっと立ち上がって精《せい》いっぱい作り笑いを浮かべるが……やっぱり視界が回る。

「お前さ、どうせならもう少しまともな嘘《うそ》つけよ」

着替えて横になれと両肩を押さえられ、強い力でソファーに戻《もど》された。

「これなら着られるか？　お子様すぎるお前にはでかいと思うけど、ほかにない」

着替えを広げながらローガンに言われて、ジゼルは覚悟を決めた。

これ以上抵抗して逆に疑わしく思われても困る。アンダーシャツは着ているしそれならばいっそ……。

「わかった、ありがとう。すぐに着替えるからあっちを向いていてくれ」

「はぁ？　見られて困るもんでもないだろ……女じゃあるまいし」

怪訝《けげん》な顔をされたが、文句を言いながらもローガンは後ろを向いてくれた。

（──よかった。急いで着替え……）

「やっぱり思った以上に大きかったか。こっちのほうが少しはまともじゃないか？」

濡れた服を脱ぐと、別の服を持ったローガンがあっさりとこちらを向いた。

ローガンと目が合うなり、ジゼルは動きを止める。そして……。

「きっ……！」

両腕《りょううで》で自分自身を抱きしめたまま、ジゼルの口から悲鳴がほとばしった。

「きゃあああああ――――！」

「は………？」

ローガンは二秒ほど目を白黒させたのち、大慌《おおあわ》てでソファーに押しつけるようにしてジゼルの口を押さえた。

「待てバカ、叫《さけ》ぶな……！」

悲鳴を聞きつけたのか、バタバタと人の駆けつける音が聞こえてきた。ジゼルが身体をこわばらせると同時に「なにかありましたか⁉」と扉《とびら》の外から衛兵たちが様子を窺《うかが》ってくる。

「なんでもない……あー、猫《ねこ》だ猫！　外で喧嘩《けんか》してる！」

ローガンの言い訳を信じたのか、しばらくすると人の気配が退《ひ》いていった。

（――見られた？　絶対見られたよねっ⁉）

かつてないほどにジゼルの心臓が早鐘《はやがね》を打《う》っている。

「……ジェラルド、落ち着け……いいな？　手を離すけど絶対に声を出すなよ」

ジゼルがコクコクと頷《うなず》くと、ローガンの手がゆっくりとジゼルの口から離れていき……

耳に痛い沈黙《ちんもく》が訪《おとず》れた。

「……とりあえず服を着ろ。あっち向いててやるから」

ローガンが遠のく気配を感じ取ると、ジゼルはのそのそと服を着る。

（お酒、そうだ。私、お酒を飲みすぎて、これは夢だ。悪い夢）

目を開けたらきっと朝で……。

「終わったか？」

――ジゼルはローガンを見るなりひっと喉を引きつらせた。

「あ……、おい！」

ローガンの動じた声が耳に届いた時には、ジゼルはソファーの上で気を失っていた。

動かなくなったジゼルに近寄って見下ろすと、ローガンはなんともいえない顔をする。

「…………人の顔見て気を失《っ》うとか。とんでもなく失礼なやつだな」

ローガンはため息を吐いて、しばし考え込む。

このまま放置しておくわけにもいかないので、気絶してしまったジゼルを抱え起こした。

完全に力が抜けてしまった身体は、心配になるくらいに軽くて華奢《きゃしゃ》だ。

仕方なくベッドに運び、じっと顔を覗き込む。

「……やっぱり女か？　なんで男の格好を……？」

ローガンはしばらくジゼルの顔を見つめてから、ひらめいたと言わんばかりにニヤリと笑みを浮かべる。

そして、ジゼルの半身を抱え起こすと、水差しの水を取った。


朝の光がまぶしくて、ジゼルは「う～ん」と唸《うな》りながら目を開けた。

「あれ、いつの間にベッドに……？」

ものすごく夢見が悪かった。

しかしただの悪夢だったのだ、と一息つくと、今度は心地《ここち》よいシルクの感触《かんしょく》から離れがたくなる。もう少し寝ようと、丸まるようにして横向きに寝返りを打った。

――その瞬間、濃い青色の瞳と目が合う。

「……起きたか、チビ助？」

眼前には目を疑うほどの美丈夫が、はだけたシャツから美しい上半身を惜しげもなく披《ひ》露《ろう》して横たわっていた。

「うわぁ、最悪。夢にまであの意地悪なローガンが出てくるなんて……」

「……バカっ！　人の顔見て気絶しやがってなにが夢だ。いい加減目を覚ませ！」

「い、痛〜〜〜っ！」

怒声《どせい》とともに額を指で強く弾《はじ》かれた。

「ええええっ、本物のロ……ローガン!?　なんでここに？」

ローガンは意味深に微笑《びしょう》し、ジゼルの赤みの強い髪《かみ》の毛《け》を長い指先で梳《す》いた。

「昨日はあんなに何度も俺を求めたのに……夢だなんて言わせないからな」

甘い響きで言われ、ジゼルは訳がわからず飛び起きた。

絶対によからぬことが起きている。急いでベッドから出ようとするも、足がもつれた。

「待てよバカ、危ないだろうが！」

転げ落ちそうになったところを、後ろからローガンの腕が伸びてきてジゼルの身体はベッドの上へ逆戻《ぎゃくもど》りだ。

さらに、上からかぶさるように押さえ込まれて、身動きが取れなくなる。まな板の上に載《の》せられた魚は、きっとこんな感じの気持ちに違いない。

「……思った通り。お前、女だったんだな」

ローガンの指先が、女だと確かめるようにジゼルの唇をなぞりながら触れる。

「えーっと、ちがっ……」

「性別を偽称《ぎしょう》していたら、そりゃあ医者には連れていかれたくないよな？」

「うっ……」

「まさか、かの天才少年画家が男になりすました女だったなんて――人前に出てこられないわけだ」

「これには、ものすごく深い事情があって」

「今、男装だって認めたな。やっぱり、男だと思い込ませて世間を騙《だま》していた。そうだろ？」

言葉尻《ことばじり》を取られたと気がついたが、もう遅《おそ》い。

「うっ……ちがっ……いや、違わないというか……ええと、その……」

押さえつけられている腕は動かず、いくらジゼルが形だけ男のふりをしていても、その圧倒的《あっとうてき》な力に敵《かな》うはずがない。さらに強く握《にぎ》られて、腕がへし折られる恐怖《きょうふ》を感じる。

ここまできたら、隠し通すことはできない。ついにジゼルは観念《かんねん》した。

「……わかった、ちゃんと説明するから離してほしい」

ジゼルが誤魔化《ごまか》そうとしていないか、しばらく確かめるように顔を覗き込んでから、ローガンは押さえつけていた腕を解放し上体を起こした。

座れと言われて、起き上がって正座をする。向かい合うと、ローガンはジゼルが逃げないようにじっとりと視線で制した。

「で、ジェラルド・リューグナー。それは偽名《ぎめい》か？」

頷くと、ローガンはふうんと探るようにじろじろ見てくる。

「本名は？」

「ジゼル。ジゼル・バークリー」

「──ジゼル、なんで男装している？」

「それは……その……絵描《えか》きとして、みんなから巨匠って言われるくらいに認められるのが夢だったから……」

「バレたら大ごとだぞ？」

「ごめんなさいっ！」

性別を偽称するのがよろしくないこととわかっていても、やりたいのは画家一択《いったく》だ。

「家業は隊商商人なんだけど、兄弟と違って私は商才もないしお金の勘定《かんじょう》も苦手で。でも、いろんな場所で見たものや景色を描くのは好きだったの……」

旅先で絵を描いているうちに、ジゼルは大人が驚くほどの技術を身に着けていた。

と同時に必ず言われたのが「性別が違っていたらよかったのに」。

この芸術の国では、危険を伴うような仕事に女性が就《つ》かないのと同じように、画業を職にしてきたのは男性のみだ。もちろん誰でも絵は描けるが、女流画家として生計を立てるのも有名になることも前例がない。

だから、夢を実現させるためには男性になりすます方法しか思い浮かばなかった。

「私にできる特技が、絵を描くことだけだったから」

自分の唯一《ゆいいつ》の取《と》り柄《え》である、絵を描くことでみんなから認められたかった。

常識外というだけで、このまま自分の人生を諦《あきら》めるほうが悔《くや》しい。

「なるほど……。だから男装してでも、やりたいことをやってるってわけか」

怒《おこ》られるかと思いきや、ローガンは意外にも感心している様子だ。

「そうなの……だからお願い、見逃して……」

しかし、ローガンは腕組《うでぐ》みしてジゼルに険しい眼差《まなざ》しを向けた。

「度胸は買うけど、カヴァネルは騙せない。不正はあいつが一番嫌いなものだ」

ジゼルからさっと血の気が引いた。

「王国の伝統である芸術への侮辱罪《ぶじょくざい》、偽造罪《ぎぞうざい》、詐欺罪《さぎざい》……その他もろもろ。悪けりゃ打ち首、よくて国外追放。腕を切り落とすっていうのもあり得る」

「ええっ⁉　そこまでの大罪なの⁉」

ローガンの口から出てきた恐《おそ》ろしい刑《けい》の数々に、ジゼルは蒼白《そうはく》になる。

「意気《いき》や良《よ》しでも、それと無茶をするのは違う」

「わかってるよ……でも、じゃあどうしたらよかったの？」

「……俺に訊《き》くなよ。それに今は、お前の処遇《しょぐう》をどうするかってほうが問題で」

よもや、生きた心地がしない。

国外追放ならまだしも、腕を切り落とされたりしたら、この先二度と絵が描けなくなってしまう。

「あの～……虫がいい頼《たの》みなのはわかってるけど、女だってことは誰にも言わないでもらえないかな？」

「はぁ？」

「お願いローガン、黙《だま》っていて！」

ローガンが眉《まゆ》を吊《つ》り上《あ》げたので、ジゼルは両手を顔の前に合わせて懇願《こんがん》した。

「なんでもするから！」

「なんでも、ねぇ……」

「お茶くみでも掃除《そうじ》でもなんでもする！」

「ふーん。…………いいぞ、誰にも言わない」

やけにあっさりと引き下がってくれて、ジゼルはぽかんとした。同時にローガンが意味深にニヤッとしたのを見て嫌な予感がよぎる。

「黙っていてやるから、その代わり、俺の言うことをなんでも聞け」

「えっ、えええぇ……なんで!?」

狼狽《うろた》えるジゼルに、ローガンは傲岸不遜《ごうがんふそん》な顔を向けた。

「ちょうど、お前にうってつけの役目がある」

「……うってつけの役目？」

「一昨年《いっさくねん》から、王宮内で原因不明の不審死《ふしんし》が相次いでいる」

ローガンが急に真面目な顔をして声を落としたので、ジゼルは言葉を呑《の》み込《こ》んだ。

「だが、カヴァネルと俺は、同一犯による殺人ではないかと考えている」

そんな恐ろしいことが王宮内で起きていると聞かされて、ジゼルの背にゾクッと寒気が走った。

「そこで、お前も捜査《そうさ》を手伝え」

「……なんで私？　探偵《たんてい》じゃないよ？」

「俺たちは、犯人は女王じゃないかと疑っているんだ」

「女王陛下が⁉」

「お前は、直々《じきじき》に肖像画の制作を頼まれているだろ？　だから女王周辺を探るのに都合がいい」

ついに依頼を受けざるを得なかった昨日のことを思い出して、ジゼルは口を引き結ぶ。

「ローガンが女王陛下を探るわけにはいかないんだよね？」

「バカ。ただの従者が一国の王に近寄れるわけがないだろ」

ぴしゃりと言われて、たしかにとジゼルは頷く。

「詳《くわ》しい説明はカヴァネルの部屋でする。今から行くぞ」

「え、今から⁉」

一度家に帰ってゆっくり頭を整理したいと思っていた思考を断《た》つように、ローガンの手が伸びてくる。

「逃げようとしたって無駄だからな」

ジゼルの首根っこをあっという間に捕《つか》まえ、鼻先が触れるほど近くに引き寄せる。

（ひいいい、怖《こわ》い怖いっ！）

間近に迫《せま》ったローガンの顔に浮かぶ悪魔《あくま》のような微笑に、ジゼルは視線を逸《そ》らせないままになった。

「正体をバラされたくなかったら、ひとまず全身全霊《ぜんしんぜんれい》をかけて協力しろ」

ローガンは尊大な態度で悪人顔負けの意地悪な顔で脅したあと、ようやくジゼルを解放する。

「まぁ、悲鳴を上げなきゃ、女だって確信できなかったのにな」

「――……はい？」

ジゼルがきょとんとするのと、ローガンがわざとらしいため息を吐《つ》くのは同時だった。

「隠すほどのものがあるわけじゃないし……」

ジゼルの身体を上から下までわざわざ確認するように見て頷く。

二度と悲鳴は上げるなよ、とニヤニヤしながら口角を上げるローガンに、ジゼルは反射的に手を振り上げた……がしかし、残念なことにその手は寸前で摑まれて止められる。

「う、うるさい！　結局見たは見たってことでしょ⁉」

「むしろ安心しただろ？　なにしろこんなに至近距離で見ても、なんなら抱き上げても一向に女だってわからなかったんだから」

真っ赤になって喚《わめ》き始《はじ》めるジゼルの姿を見て、ローガンは楽しそうにくつくつと笑う。

「ちゃんとは見てないから安心しろよ――……あ、キスはしたけどな」

「えええええええっ⁉　最っっっ低！　私のファーストキス返して！」

そうして爽《さわ》やかな朝の王宮に、パーンという小気味《こきみ》よい音が響いたのだった。

第二章 女王の肖像画を描くため、宮廷画家（仮）になる

ローガンは赤くなった左の頰《ほお》を撫《な》でながら、じっとりと半眼でジゼルを見下ろした。

「ったく、乱暴なやつだな。キスしなきゃ水を飲ませられなかっただけだってのに」

「そっ……それはそうかもしれないけど！」

「俺にたてつくとどうなるか、あとでたっぷり教えてやる。今日も帰らせないから覚悟《かくご》しとけ」

結局ローガンの隙《すき》をついて逃《に》げ帰《かえ》ることもできず、不本意ながらぶかぶかの服を拝借《はいしゃく》して、カヴァネルのいる執務室《しつむしつ》まで行くことになった。

ローガンとしては、介抱《かいほう》してやったのに怒《おこ》られる筋合いはこれっぽっちもないと思っているようだ。それは理解できるが、ジゼルとしては寝《ね》ている隙になんてことをしてくれたんだとモヤモヤも怒《いか》りも収《おさ》まらない。

「初めてのキスは、王子様みたいな人としたかったのにっ！　よりによってなんでローガンなんかと――……しかも全然覚えてないし……」

最後は聞こえないように小さく呟《つぶや》きながら半泣きになるジゼルに、ローガンは肩《かた》をすくめた。

「……あっそ。よかったな、俺で」

「なんでっ！　あのね、私の理想の男性はローガンと違《ちが》って意地悪じゃなくて――」

「あーはいはい。ところで、カヴァネルに正体を見破られないよう気をつけろよ。あいつ鋭《するど》いし、バレても俺は助けてやらないからな」

小声で言い争っているうちに、執務室に到着《とうちゃく》した。

カヴァネルは急に現《あらわ》れた正反対の雰囲気《ふんいき》の二人を見て、怪訝《けげん》そうにしている。

「ええと、中へどうぞ……まあ、またローガンがよからぬことを言ったみたいですが」

「うるさいカヴァネル。それより……」

不審死《ふしんし》事件の解明にジゼルが協力する旨《むね》をローガンがかいつまんで伝えると、カヴァネルは嬉《うれ》しそうにみるみる顔をほころばせた。

「いやあ、ご協力は願ってもないことです。ちょうど、ジェラルド殿《どの》と連携《れんけい》を取れないか思案《しあん》していたので。ローガンにあなたを送らせて正解でした」

（……だから昨日、ローガンが追いかけてきたんだ！）

随分《ずいぶん》と間合い良くローガンが現れたなと思っていたが、協力者として最初から目をつけられていたのかと頭を抱《かか》えそうになる。が、時すでに遅《おそ》し。

「ではさっそく。時間が惜しいので現状について説明しましょう……」

カヴァネルは椅子《いす》に腰《こし》を下ろし、ジゼルたちにも座るよう促《うなが》した。

「四年前に先王が崩御《ほうぎょ》した際、現在の女王派閥《はばつ》と、側室《そくしつ》派閥の間で玉座《ぎょくざ》をめぐって衝突《しょうとつ》がありました」

この国の法律では、王位継承権《けいしょうけん》は生まれた順に決まる――とされている。

先王と現女王である正室のシャリゼ王妃《おうひ》はなかなか子どもに恵《めぐ》まれず、側室のウェアム妃《ひ》が先に男の子を授《さず》かった。

側室ウェアム妃の息子《むすこ》、ラトレル王子が王位継承権第一位。

その三年後に生まれた正室シャリゼ王妃の息子、ジェフリー王子が王位継承権第二位だ。

順当に考えれば、ラトレルが玉座を引き継《ひつ》ぐことになる。

――しかし側室妃は、正室よりも身分の低い貴族の出である。

そういった理由で、先王の急逝《きゅうせい》でラトレルが玉座に就《つ》くことを、正室の派閥が許さなかった。

法律で決まっていたとしても、身分の上下に厳しい貴族が多いのが王国の現実だ。

どこの国にでもあるような宮廷事情《きゅうていじじょう》だが、継承権争いはもつれにもつれた――。

「――反発し合う両派閥を押さえるために、二人の王子が十五歳の成人を迎《むか》えるまでの間、シャリゼ妃にひとまず女王陛下《へいか》として即位《そくい》してもらうことになったのです」

過去にも王子が未成年の場合、正室が玉座に就いた例がある。問題を先送りにしただけにすぎないが、そうしていったん派閥争いは収まったという。

「……問題が起こったのは、今から約二年ほど前ですかね。ラトレル殿下《でんか》が忽然《こつぜん》と姿を消しました。捜索《そうさく》もされましたが、まったく行方《ゆくえ》を摑《つか》むことができず、亡《な》くなったと噂《うわさ》されるようになってしまったんです」

「えっ⁉　亡くなった……？」

「はい。女王陛下から箝口令《かんこうれい》が出されていますから、もちろんジェラルド殿もご内密に。うっかりしゃべれば、首と胴体《どうたい》が永遠にさようならです」

（うっ……これは聞いたからには協力しろよっていう脅《おど》し文句《もんく》……）

「さらに、ラトレル殿下が消息《しょうそく》を絶《た》ってからしばらくして、王宮内で失踪《しっそう》や不審死が起こり始めたのです。時期が重なることから、ラトレル殿下の行方不明に関わる犯人も不審死の犯人も同一人物ではないかと考えています」

一言一句《いちごんいっく》聞《き》き逃《のが》さないように、ジゼルはカヴァネルの声に集中した。

「現状、犯人として一番怪《あや》しいのは女王陛下でしょう。ラトレル殿下がいなくなれば、病弱で玉座が絶望的な息子のジェフリー殿下の継承位が繰《く》り上《あ》がりますから」

さらりと言われて、ジゼルは顔をしかめた。

女王に即位してから、シャリゼ妃は厳しい物言いが増えて恐《おそ》れられているという。その上、いつからかベールで顔を隠《かく》すようになり、人を寄せつけなくなった。

話を聞けば聞くほど、たしかに女王が怪しいようにジゼルにも思えてならない。

いったん情報を頭の中で整理しようとして、ふと思い出す。

「……そういえば。この国には、たしかもう一人王子様がいると聞いたことがあるのですが……？」

ジゼルが生まれる前のことだが、ラトレルとジェフリーの前に一人、男の子が誕生していたはずだ。本来ならその王子が継承権第一位を得るのでは、とジゼルは疑問に思う。

一体どこに？　と首をかしげていると、「彼の継承権はすでに剝奪《はくだつ》されています」とカヴァネルがあっさり答えた。

「第一王子――エスター様は、先王が見初《みそ》めたとされる異国の女性との間に生まれたお子です。しかしこの国で女性は妃《きさき》として認められませんでした。なので、そのお子であるエスター様も、身分と共に王位継承権を剝奪されています」

またも王宮の秘密であろうとんでもないことを耳にしてしまった、とジゼルは頭が痛くなった。聞けば聞くほど後戻《あともど》りができなくなってしまう。

「王位継承順など、結局は身分がものを言う形骸化《けいがいか》した建前《たてまえ》になりつつあるのが……伝統を重んじる我が国の現状です」

「……そういうことでしたか」

「王子の誕生として国民にも触《ふ》れが出たので、ジェラルド殿もなにかの折に聞いたことがあったのかもしれませんね。ですが幼くして母親が帰らぬ人となってからは、先王と縁《えん》の深い有力貴族の臣下に下っています」

「その元王子様が、追放した人々を恨《うら》んでいる線はないんですか？」

「あり得ません。とうにご本人も玉座を諦《あきら》めて、二人の王子たちとは違った悠々自適《ゆうゆうじてき》な生活を送られています」

「チビ助《すけ》。首を胴体にくっつけておきたいなら、その話は二度と王宮内でしないほうがいいぞ」

射るような視線がローガンから向けられて、ジゼルは一瞬《いっしゅん》たじろぐ。

「……わかった。王族の話はしないようにする」

びびったジゼルの了承《りょうしょう》に、カヴァネルはそこでいったん話を切った。

「ラトレル殿下がこのまま見つからなければ、ジェフリー殿下が玉座に就きます。しかし病弱な彼では、王としてのご公務がこなせないのは目に見えています」

ジェフリーは、宰相《さいしょう》であるカヴァネルでさえも滅多《めった》に姿を見たことがなく、部屋にこもりきりだという。

「それなのに、王宮内で謎《なぞ》の連続不審死まで起きてしまって、この国はいったいどうなってしまうのやら……」

カヴァネルはかなり深刻そうな顔をしている。

「そこでジェラルド殿にお願いです。今後あなたは、女王陛下の要望の絵が完成するまで、仮の宮廷画家として王宮に籍《せき》を置くことになります。その立場を利用して捜査《そうさ》に協力をしてほしいのです」

それを聞いてジゼルはようやく合点《がてん》がいった。

宰相であるカヴァネルが不用意に女王の動向を探《さぐ》れば、それこそ女王を犯人として疑っていると言わんばかりになってしまう。そしてローガンは、身分的に理由なく女王に会うことはできない。

つまり犯人と思《おぼ》しき女王に、今一番怪しまれず近づけるのがジゼルというわけだ。

「このままでは、この国の未来が危なくなってしまうでしょう」

王国を憂《うれ》える気持ちが、カヴァネルからひしひしと伝わってくる。

「女王陛下は、昨日の一件でジェラルド殿のことをたいそう気に入って、肖像画《しょうぞうが》制作を心待ちにしているようです」

話を聞いただけでも気難しそうな女王だ。ジゼルは嬉しい反面、不安が込《こ》み上《あ》げてきて複雑な表情になっていた。

というのも自分の場合、油絵を一枚仕上げるには半年から一年はかかる。なのに、隣国《りんごく》との交流会に間に合わせろというのは至難《しなん》の業《わざ》だ。併《あわ》せて、作業の合間に女王の動向を探るとなると、考えただけでも自分にできるのか心配になる。

ジゼルの乱れる胸の内に気づいたのか、カヴァネルは優《やさ》しく微笑《ほほえ》んだ。

「真相解明《しんそうかいめい》に至れば、我がリーズリー家がジェラルド殿の絵画制作における資金援助《しきんえんじょ》を確約いたしますよ……報酬《ほうしゅう》はこれでいかがでしょうか？」

ジゼルはその提案にぱあぁと表情を輝《かがや》かせた。

リーズリー家といえば、代々王家に仕える家臣の中でも主席の重鎮《じゅうちん》だ。

油絵は特にお金がかかるため、描き続けるための資金援助は必要不可欠。有力貴族から後方支援《こうほうしえん》を得られるとあれば、断る理由はジゼルにまったく無い。

「やってみます！」

「ではジェラルド殿は女王陛下を、ローガンはボラボラ商会の動向を探ってください。贋《がん》作《さく》を持ち込むなど、王宮の権威《けんい》に関わります」

ローガンは頷《うなず》いて口を開く。

「絵画好きの女王にうまく取り入ったつもりなんだろう。けど、悪い噂があちこちから聞こえてくる業者に、これ以上王宮で大きな顔をさせるわけにはいかないからな」

ボラボラ商会の話になって、ジゼルの笑顔《えがお》は引っ込んだ。貿易商としては国でも三本の指に入る相手だ。しかし昨日の件で自分は心証を悪くしたに違いない。

「そんなわけで、筆頭から恨まれているであろうチビ助は、すぐさま王宮に引《ひ》っ越《こ》しだ」

「えっ⁉」

満面の笑《え》みで紡《つむ》がれたローガンの指示に、ジゼルは素《す》っ頓狂《とんきょう》な声を出す。どうやら、今日も帰らせないと言っていたのは冗談《じょうだん》ではなかったようだ。

ちょっと待ってと抗議《こうぎ》する前に、カヴァネルが大きく頷《うなず》いた。

「安全面を考慮《こうりょ》して、今日中に王宮に来ていただいたほうがいいでしょう。ここならボラボラ商会の手も伸《の》びてきにくいです。ローガンはさっそく、ジェラルド殿の荷物を運ぶ手伝いをしてください」

「了解《りょうかい》」

善《ぜん》は急《いそ》げと言わんばかりに話が進んでいき、ジゼルが口を挟《はさ》む隙《ひま》もない。

「では、私のほうで部屋を手配します。ひとまず相部屋になりますが、男性用の宿舎を使いましょう。正式に手はずが整ったら——」

説明を聞くや否《いな》や、ジゼルはローガンの服をガシッと掴み、きれいな横顔を穴が開くほど見つめた。

……男性と相部屋は、非常にまずい。

ジゼルの必死な空気を楽しむように目元をニヤつかせたローガンは、今度は意地の悪い笑みを口元に浮《う》かべて別の提案をする。

「カヴァネル、チビ助はなにがなんでも俺と一緒《いっしょ》の部屋がいいそうだ」

（ちょ、ちょっとなんか違うけど……！）

助けを求めたのを逆手《さかて》に取《と》って、さらにジゼルをこき使おうとしている魂胆《こんたん》が、ローガンの口調の端々《はしばし》から滲《にじ》み出《で》る。

「……そういうわけにはいきませんよ。女王陛下が招いた大事な客人ですから」

「いや、大丈夫だ。俺たちにも色々と、複雑な、事情があるんだよ。な！」

ジゼルの肩に手を置き、一言一言噛《か》んで含《ふく》めるようなローガンの物言いに、カヴァネルが一拍《いっぱく》置いてからはたと手を止めた。

「えっ……まさか、ローガン……」

下手《へた》なことは言うまいと視線をさまよわせるジゼルと、得意満面《とくいまんめん》なローガンに、カヴァネルは考え込む。

「いえ……言われてみればローガンは見合いもずっと断《ことわ》っていますし……。ジェラルド殿が着ているのはローガンの服……二人が一夜を共に過ごしたのは明白……」

ぶつぶつ言い終わると、カヴァネルは知性の灯《とも》る美しい顔で微笑み、温《あたた》かい眼差《まなざ》しで二人を見つめた。

「お二人がそのような仲になったとは、さぞかし言いにくかったでしょうね。でも、私には教えてくれても良かったんですが」

ローガンは、カヴァネルが自分たちの関係をあらぬ方向に誤解をしたことを読み取った。

慌《あわ》ててジゼルの肩から手を離す。

「おい待て。カヴァネル、なんか違うぞ……！」

「いいでしょう。一緒の部屋で段取《だんど》りをつけます。ローガンとは長い付き合いですが、そっちの趣味《しゅみ》だとはちっとも気がつきませんでした」

「カヴァネル、人の話を聞――」

「ふふふ……ローガンの愛はとても重たそうですね」

「だから、ちが……はぁー……まぁもういい」

説明するのが面倒《めんどう》くさくなったローガンは、「行くぞ」とジゼルの腕《うで》を掴み、部屋を出ようとする。二人の会話がいまいち理解できていないジゼルは「え？　え？」とローガンとカヴァネルの顔を交互《こうご》に見た。

「ああ、ジェラルド殿。こう見えてローガンは頼《たよ》りになりますから。……恋人同士《こいびとどうし》、仲良くしてくださいね」

「はいっ……ん？　恋人って――」

「こう見えては余計だ。行くぞチビ助」

ローガンはジゼルを引っ張って廊下《ろうか》に出る。

乱暴に出て行ったローガンの後ろ姿に、カヴァネルはふうと一息つく。

「これで真相を突《つ》き止《と》められれば、万々歳《ばんばんざい》です。それにしても、まさかローガンに恋人とは……ふふっ。すごいことになりそうですね」

作りかけていた書類に目を通し、カヴァネルは機嫌《きげん》よくサインを走らせた。

一方、ローガンはジゼルの腕を摑んだまま一言もしゃべらず自室に戻《もど》った。扉《とびら》を閉めるなりじっとりとジゼルを見つめる。

「えっと……？　ローガン、『恋人』ってどういうこと？」

「そのままの意味だ。俺が男性趣味で、お前が恋人だと勘違《かんちが》いされた」

部屋を一緒にしろだなんて誤解されてもおかしくない、と説明されてジゼルはぎょっとした。

「なっ!!　ローガンと部屋を一緒にしてほしかったんじゃないよ！」

やっと意味を理解したジゼルは慌てたが、ローガンは少し考えたあとにニヤッと笑った。

「心配しなくても、誰《だれ》もお子様になんか手を出さないから安心しろ」

「言い方に悪意しかない！」

「カヴァネルに誤解されたのは癪《しゃく》だが……まぁ、同室のほうがお前も都合がいいだろ。文句言うな」

色々と怒りたい気分だ。しかし、面識《めんしき》のない男性と一緒の部屋を使うほうが問題だったのは間違《まちが》いない。

「たしかに、私の正体を知ってるローガンが同室のほうがいいのかも……さっきはかばってくれてありがとう」

考え直して素直《すなお》に礼を言うジゼルに、ローガンは「は？　チョロすぎんだろ……」とぼやく。

「……お前、『恋人』ってどういう意味かわかってんのか？」

「うーん。恋人いたことないから、正直なところ、全然わかんない」

あまりの危機感のなさに、ふいにローガンに悪戯心《いたずらごころ》が湧《わ》いた。ジゼルに近づくと、頬をそっと撫でて顎《あご》を上向かせる。

しかしジゼルはすっとローガンと距離《きょり》を取り、胸を張った。ローガンの手が虚《むな》しく残される。

「偽称がバレないなら、ひとまず『恋人』設定は大歓迎《だいかんげい》だよ！　大丈夫任せて‼」

「嘘《うそ》だろ……⁉　まさかこんなお子様を好きだと思われるとか、俺のほうが心外だ……」

ローガンはニコニコしているジゼルを尻目《しりめ》に、がっくしとうなだれた。

ローガンの部屋は一人用とは思えないほど広く、ただの従者にしては豪華《ごうか》な調度品の数々が目につく。

ジゼルは今日から一緒に過ごすことになったローガンの部屋で、せっせと荷ほどきをしていた。

絵画の道具を片付けていると、扉がノックされてカヴァネルが入ってくる。

「お待たせしました。手続きが終わりましたから、今日からジェラルド殿は宮廷画家としてこちらの部屋で起居《ききょ》してください」

差し出された書類にジゼルはさらりと左手でサインを走らせ、「ありがとうございます！」と満面の笑みで返した。

宮廷画家は、画家を目指す人間にとっての極《きわ》みだ。ジゼルの憧《あこが》れでもあったが、本来女性には得られない地位なのだから、仮とはいえその職に就《つ》けた好機に胸がドキドキしてくる。

「ところでローガン。あなた、騎士団長《きしだんちょう》に呼ばれていませんでしたっけ？」

ジゼルの家に付き合って荷物運びと片付けを手伝ってくれていたローガンは、持っていた箱を落としかけた。

「まずいっ！　あの人、遅刻《ちこく》にやたら厳しいんだよ。あとよろしく頼《たの》む！」

ローガンは置いてあった剣《けん》を持って窓辺に駆《か》け寄《よ》ると、そこを飛び越えて部屋を出る。

「えっ!?　窓って出入り口だっけ？　というか、ここ二階！」

ジゼルが慌てて窓から下を見ると、なんの問題もなさそうに駆け去っていくローガンの姿が見えた。

「……ローガンの身体能力って、どうなって……?」

開いた口が塞《ふさ》がらないジゼルに、カヴァネルがくすくすと笑った。

「彼はこの国の騎士たちにも負けませんよ。騎士団長と仲が良《い》いので、時々、彼らの訓練相手に駆《か》り出《だ》されています。そこでさりげなく王宮の噂話《うわさばなし》などを集めてきてくれるのです」

「そうなんですね。それもローガンの仕事ですか?」

「ええ。主に、私の耳目《じもく》となって王宮の内外で情報を集めるほかに、公務での護衛。それからたまに庶務《しょむ》も兼《か》ねてくれています。ボラボラ商会の悪い噂を拾い、彼が注視していたのもそういう理由からです」

おかげで贋作とわかり王宮の威信《いしん》を保てたと、カヴァネルは口元に弧《こ》を描いた。

「……彼は、最近まで市井《しせい》で暮らしていたのです。少々粗野《そや》なのは大目に見てください」

従者だというのに、カヴァネルの敬称《けいしょう》を省略するローガンの不遜《ふそん》な態度にも納得《なっとく》できる。しかし、それが王宮勤めの人間らしからぬように映るようで、宮廷内では若干顰蹙《じゃっかんひんしゅく》を買《か》っているのだとカヴァネルは教えてくれた。

その説明から察するに、ローガンは貴族の出ではないようだ。なのに、カヴァネルとローガンはどうして知り合いなのだろう。

「……ところで。ジェラルド殿は、なぜローガンとお付き合いをすることに？」

カヴァネルは鋭いから気をつけるように言われていたのを思い出し、探りを入れられている⁉　とジゼルの背中から汗《あせ》が噴《ふ》き出し始める。

「えっと……、ひ……一目ぼれしてしまいました‼」

「まあ、彼は、見た目はずば抜《ぬ》けていいですが……」

ジゼルは疑われないよう、こくこくと頷きながら畳《たた》みかける。

「すごく優しいですし、気が利《き》くし、一晩中ずっと看病してくれて……添《そ》い寝《ね》まで！」

誤魔化《ごまか》すつもりが、ペラペラと昨晩の知られたくもない事実を話してしまい、キスされたことまで思い出してしまった（酔《よ》いつぶれていたため全然覚えていないのだけれど）。

自己嫌悪《じこけんお》で泣きそうになっていると、「そうですか」とカヴァネルはあっさり納得する。

「さすが画家、洞察力《どうさつりょく》が優《すぐ》れていますね。彼は誤解を受けやすいのに、たった一晩でそこまで見抜くとは……」

「……ローガンの表立った態度が悪すぎるだけです、絶対」

嫌味《いやみ》のつもりで言ったのに、まったくその通りですよ、とカヴァネルは困ったように微笑んだ。

「では明日の朝から、女王陛下の元で宮廷画家としての仕事が始まります。なにか必要なものがあれば、なんなりとおっしゃってくださいね」

女王に張りつき、事件の不審な点を探す期限は、絵画を完成させる四カ月後の交流会まで——。

先行き不安だったが、ジゼルはやるしかないと頷いた。


夜に近い時間。ジゼルは一向に帰ってこない部屋の主《あるじ》を待つのを諦め、先に風呂《ふろ》と夕食をすませた。明日使う画材をもう一度確認《かくにん》していると、窓がガタガタと鳴ってやっとローガンが戻ってくる。

「窓は出入り口じゃないと思うんだけど……」

「近道だし、廊下にいる衛兵に俺が外出したって知られないから都合がいいんだよ」

「だからって危な——って、ちょ、ちょっと待って！」

ジゼルは小さく悲鳴を上げた。立ち上がっていきなり着替《きが》え始めたローガンが、上半身をさらけ出している。

「ローガンっ！　着替えるならそう言ってよ！」

「……はぁ？　言うもなにも、俺の部屋だ」

慌てふためくジゼルを見ると、恋人ならこれくらいへっちゃらだろ？　と意地悪そうに笑って近寄り、ちょんとジゼルの鼻先をつついてきた。

均整の取れた美しい上半身の裸体《らたい》を前に、元々造形の整った顔に見つめられ、ジゼルは言い様のない恥《は》ずかしさを覚える。

「『恋人』設定を頑張《がんば》るって、胸張って言ったのはどこのどいつだ？」

「人前ではの話だってば……それに私の中の『恋人』となんか違いすぎる!!」

「あーはいはい。ジゼルはとんでもないお子様だったな」

たまらず部屋の端《はし》っこまで素早《すばや》く逃げるジゼルの姿を見て、ローガンは笑いながらバスルームへ消えた。

「べ、別に、男の人と一緒の部屋とかへっちゃらだし！　大丈夫……だよねっ!?」

兄弟もいるのだから男の人の裸《はだか》なんて見慣れてる！　と一生懸命《いっしょうけんめい》自分に言い聞かせていると、急に疲《つか》れがどっと押し寄せてくる。ジゼルは目を開けていることさえままならなくなった。

――思えば、昨日からずっと怒濤《どとう》の展開だ。

一息つこうとソファーにへたり込むと、ふかふかの座《すわ》り心地《ごこち》に緊張《きんちょう》がほぐれる。

（あぁ、……明日から頑張らなくちゃ）

目頭《めがしら》を押さえた瞬間《しゅんかん》に眠気《ねむけ》が来て、ジゼルはそのまま夢の中にすとんと落ちてしまった。

ローガンは、ソファーで寝息《ねいき》を立てているジゼルを見つけると、すっと目を細める。

「まぁ、顔を見て気絶されるよりはマシだが…………警戒心《けいかいしん》ないのかこいつ？」

近寄ってジゼルの寝顔《ねがお》を見ていると、昨晩のことが鮮明《せんめい》に頭をよぎった。

お披露目《ひろめ》日会場の受付辺りが騒《さわ》がしいので気になって見に行くと、迷《まよ》い込《こ》んだような顔をした少年がいた。それが、噂の天才画家〈ジェラルド〉だった。

天才と呼ばれるには、あまりに幼い見た目に驚《おどろ》いた。

正体を見極《みきわ》めてやろうと悪戯心が働き、ついからかってしまったが、怒ってつっかかってくることが新鮮《しんせん》でさらに興味を引いた。

ボラボラ商会に対して嫌悪感を抱《いだ》いていたであろうことは、コロコロ変わる表情を見ていれば明白だ。面白半分《おもしろはんぶん》にけしかけたつもりだった。

なのに、真贋《しんがん》を見極めた圧倒的《あっとうてき》な眼力《がんりき》と天才と呼ばれるにふさわしい雰囲気に、自分でさえも目を奪《うば》われてしまっていた。

――名ばかりの画家かもしれないという予想を、良い意味で裏切られたのだ。

そしてなによりも驚いたのは、絵を描きたいという一念《いちねん》だけで、性別を偽《いつわ》って画家になってしまったという一途《いちず》な気持ちだ。

「……バカ素直すぎるだろ」

脅《おど》した相手である自分をあっさり信用してしまうジゼルは、チョロすぎてそれだけで面白い。『恋人』を勘違いしているところも、からかいがいがありそうだ。

「女王の前でも、その素直さと負けん気を貫《つらぬ》き通《とお》せよ」

頬をつついてみたが、ジゼルは一向に目を覚ましそうにない。

ローガンは一つ息をつくと、彼女の軽い身体《からだ》を抱き寄せて抱《かか》え上《あ》げ、ベッドに運んだ。自らもベッドに入り、小さな頭をひと撫でする。ジゼルが落ちないように己《おのれ》の腕に抱き込んで、ローガンも目をつぶった。


翌朝ジゼルは苦しくて目を開けた。その原因が、自分の身体の上に置かれている腕だと気がつく。……瞬間、心臓が跳《は》ねた。

「いいいっ……――！」

「ん、なんだ、うるさ……」

悲鳴を呑み込み、ジゼルは自分の身体を拘束《こうそく》しているローガンの腕を思い切り叩《たた》いた。

「ローガン離してっ！　っていうかどうしてベッドに入ってきて――！」

ジゼルは抱き込まれた腕から逃れようと身体をよじる。不意の攻撃《こうげき》を食らったローガンは、不機嫌《ふきげん》そうに目を覚ました。

「はぁ？　ここは元々俺の部屋で、これは俺のベッド。で、お前は俺の『恋人』だろ？」

「なっ……！」

「設定通りにしてやってるのに恩《おん》を仇《あだ》で返すとか、覚悟できてるんだろうな？」

正論に言い返せないでいると、ローガンがさらに強く後ろからジゼルを抱きしめて、唇《くちびる》を耳元に近づけてくる。

「一緒に寝るのは当然だ。『恋人』なんだから」

カヴァネルの勘違いから生まれた設定をいいように使われて、ジゼルは「部屋の中では設定禁止！」と再びばしばしローガンの腕を叩いた。

「お前さ、自分が顔に出やすい人間だってわかってないよな」

「……？」

「普段《ふだん》から『恋人』らしく過ごすほうが周囲にもバレにくいから、こうしてわざわざ抱きしめてやってるんだ。感謝しろ」

「でででも、それじゃお城の人にローガンが誤解されるよ⁉」

「事件を解決するのが先だ。男性趣味と思われようが、別にどうでもいい。『恋人』だったら、俺たちが常に一緒に過ごしてても不審に思われることはないだろ」

だとしても、とジゼルが言い返したのを無視してローガンは続ける。

「あぁでも別に、俺はお前を女だとバラしても問題ないんだよな。で、どうしたい？」

「っ……『恋人』設定……頑張ります……」

とどめの一言にジゼルが唸《うな》ると、後ろからくつくつ笑われた。なんだかうまく丸め込まれたような気がしてまったく釈然《しゃくぜん》としない。

「自信を持て。堂々としてればジゼルは女だとはわからない」

ジゼルとしては、散々言い負かされたあとにそんなお墨付《すみつ》きを貰《もら》っても、ただただ腹立たしさが増すだけの複雑な心境だ。

反論しようとしたジゼルのうなじにローガンの唇が当たり、飛び出るかと思うほど心臓が跳ねた。

「褒《ほ》めてやってるんだ。『ありがとうございます』だろ？」

「〜〜〜っ！　もう無理ぃぃぃぃっ！　いい加減離して!!」

ジゼルの悲鳴に近い声で、ローガンは拘束する力を緩《ゆる》めた。

「絶っっっっっ対なんか違う!!」

ひとまず、ローガンと自分とで色々と『恋人』の認識《にんしき》が違うというのだけは、今のではっきり理解できた。

「さてと。お子様をからかうのはこれくらいにして……そろそろ起きるか」

「……っ!!」

やっぱりからかわれていた！　と目くじらを立てるも、どこまでが設定なのかはわからず、ジゼルはなんとも寝覚《ねざ》めの悪い朝を迎えたのだった。

――今日からジゼルは宮廷画家として女王の御前《ごぜん》に出る。

女王が名指《なざ》ししてまで肖像画の制作を願っていたのが〈天才画家〉ジェラルドだ。作品は隣国との交流会での目玉になるとあって、ジゼルとしても色々な意味で失敗するわけにはいかない。

「……果たして私に、国を代表する絵を完成させることができるのかどうか……」

ぶつぶつ呟いていると、ローガンはジゼルを引き寄せて、あっという間に頬にキスする。なにが起きたかジゼルの理解が遅《おく》れたところ、からかうようにローガンが覗《のぞ》き込《こ》んできた。

「今のが、行ってきますの恋人同士の挨拶《あいさつ》だからな。宮廷画家一日目、頑張れよ」

楽しそうに笑うと、疾風《はやて》のような素早さで出て行ってしまった。

「っ……！　絶対楽しんでる！」

心臓のドキドキが収まらないまましばらくカヴァネルの迎えを待っていると、コンコンと扉がノックされた。とっさにジゼルは、〈ジェラルド〉として気持ちを入《い》れ替《か》える。

「おはようございます、ジェラルド殿。では、女王陛下の所まで案内しますね」

呼びにきたカヴァネルは、ジゼルのたくさんの油絵用具を運ぶのを手伝ってくれた。

人前に姿を現さない幻《まぼろし》の天才画家のお出ましとあって、王宮内では行きかう人々の好《こう》奇《き》の視線を感じ、ジゼルはうつむきながらカヴァネルの後ろを歩く。

王宮の中心部に近い場所まで来ると、先を歩いていたカヴァネルが足を止めた。

「ここから先が、女王陛下のお住まいへ続く廊下です。案内は侍女《じじょ》たちに代わりますので私はこちらで失礼します」

言うなり荷物を置くようにかがみ込み、ジゼルの耳元に顔が寄せられる。

「よく注意して見てきてくださいね」

ほんの少し鋭さを帯びた声音《こわね》が耳に入って、一瞬で肝《きも》が冷《ひ》えた。

「――報告は夕刻、私の執務室で」

カヴァネルは元来た道を戻っていく。一人で敵地に向かっているような気持ちになって、ジゼルの心細さが増した。

いつも通りで大丈夫、と自分に言い聞かせる。そうしていると、女王の側仕《そばづか》えであろう侍女が廊下の向こうからやってきてお辞儀《じぎ》をしたので、ジゼルは先に自己紹介《じこしょうかい》をした。

「こんにちは。ジェラルド・リューグナーです。よろしくお願いします」

近づいてきたのは、ジゼルと同じ年頃《としごろ》に見える金髪《きんぱつ》の美しい容姿の少女だ。ジゼルを見て可憐《かれん》に微笑んで再度お辞儀をする。荷物運びを手伝おうとするのをジゼルは自分でできるからと伝えるが、なぜか彼女はずっと無言のままだ。

「――ああ、シャロン。ジェラルド様のご案内をしてくれていたのね？」

声とともに、奥から壮年《そうねん》の女性が慌ててやってくるのが見える。シャロンと呼ばれた少女は、背筋を正して女性に頷いてみせた。

「ジェラルド様、お待ちしておりました。私は女王陛下付きの侍女頭でマリアと申します。この子はシャロン。生まれつき声が出ないんですよ」

シャロンはごめんなさいとでも言うように、ジゼルに頭を下げた。

「筆談もできますし、優秀《ゆうしゅう》な侍女です。なにかあれば頼ってください」

ジゼルはそういうことなら、と素直にシャロンに声をかける。

「では……これを運ぶのを手伝ってもらえますか？」

シャロンの緑色の瞳《ひとみ》が笑顔の形になる。可愛《かわい》らしい微笑みに、ジゼルの緊張がほぐれた。

「こちらは一体なんでしょうか？」

「絵の具を溶《と》かすのに使います」

「こちらの油もですか？」

「……ええ。今日は使用しませんが、色を塗《ぬ》る時は数種類混ぜて使います」

女王に会う前に控《ひか》えの間《ま》での持ち物検査がジゼルを待ち受けており、かれこれ一時間近く経《た》っていた。服を脱《ぬ》げとまで言われたらどうしよう、と内心ひやひやしていたのだが、幸いにも軽くポケットに触れられた程度で終わる。

今朝がたのローガンの得意げな笑み……。

彼は身体検査があるのを知っていて、女に思われないから安心しろとジゼルに太鼓判《たいこばん》を押したのだ。凹凸《おうとつ》がわかりにくいのは男装している以上良いこととはいえ、ものすごく釈然《しゃくぜん》としない。

（っていうか、もし宮廷画家になったら、毎日これを受けないといけないの⁉）

それによって正体が露見《ろけん》し断罪《だんざい》されることになれば、『画家として巨匠《きょしょう》と呼ばれるくらいに認められる』という夢は、すべて水《みず》の泡《あわ》だ。

本来なら、女流画家は論外とされるこの国の風潮に対して物申《ものもう》すところであるが、そこから議論しても始まらないことくらいわかりきっている。今は与《あた》えられた任務と、こなさなければならない絵画の制作が先だ。

宮廷画家という憧れの職業のことを、ジゼルはいったん頭の隅《すみ》に追いやることにした。

持ち物検査が終わり談話室に通され、あちこちに置かれた豪華な装飾品《そうしょくひん》を興味深く眺《なが》めていると、さらに奥にあった扉がすっと開く。

侍女頭が姿勢を正して頭《こうべ》を垂《た》れたのを皮切りに、侍女たちも次々と頭を下げていく。ジゼルも彼女たちにならって深く礼をした。

現れた女王が鷹揚《おうよう》な物腰《ものごし》で椅子にかけると、淡《あわ》いブルーのドレスの裾《すそ》がジゼルの視界の端に入った。

「ジェラルド、待ちかねていた。よもや逃げ出しはせぬかと思ったぞ」

「その節は、大変失礼をいたしました。全力で肖像画制作に取り組む所存にございます」

怒られるかと思っていたのだが、女王は冗談まで交《まじ》えて機嫌よく頷いている。

「そなたには期待している。先日の鑑定《かんてい》も見事な見識《けんしき》であった」

「ありがたく存じます」

「では面《おもて》を上げよ。……私はそなたを高く評価している。息子と変わらぬ年端《としは》であるが、たぐいまれな才能の持ち主だ」

ゆっくりとジゼルは頭を上げ、女王を見つめる。今日は目から下を扇《おうぎ》で隠しているだけで、ヴェールは着けていない。

「そなたの気が変わらぬうちに、私の肖像画を描いてもらう。隣国との交流会で、諸国の要人たちに我が国の芸術の素晴《すば》らしさを誇示《こじ》するためのものだ。よいな？」

ジゼルは大役に肩を震《ふる》わせた。

わかっていたつもりでも、実際に国の統治者から言われると重みが違う。

ジゼルが請け負《お》う絵画は、国を挙《あ》げての宣伝材料だ。画家としての力量が試《ため》される。

「すでに解雇《かいこ》したが、そなたには、これまで宮廷に縁故《えんこ》で入っただけの画家とは違うものが描けると私は見ている」

「もったいないお言葉でございます……必ずや女王陛下の――ひいては我が国が誇《ほこ》る作品を描いてみせます。ぜひ、私にお任せください」

こうまで期待されていると気持ちがピリリと引きしまる。

――とっさにジゼルは自らも提案した。

「そうしましたら……たとえば政務中のご様子で一枚、素晴らしい調度品と共に一枚など、あらゆる場面での女王陛下のお姿を、まずはデッサンで描き起こさせてください」

構図を決めるデッサンを数多く描く。そうすることで、少しでも女王の周辺を探ろうとジゼルは画策《かくさく》した。

「お気に召《め》した構図を一案選んでいただき、それを元に至高《しこう》の一作に仕上げたく存じます。絶対に後悔《こうかい》されることはありません。いかがでしょうか？」

「ふむ、良いだろう」

快諾《かいだく》してくれたことに礼を述べてから、ジゼルはいつからか隠し始めたという女王の顔をひたと見つめた。

「時に、陛下のご尊顔《そんがん》を拝することは可能でしょうか。私は……女王陛下の真のお姿を伝えたいと思っております」

見たままを描き伝える。それは、画家になった時から心に留《と》めているジゼルの信念だ。

「……なるほど。たしかに肖像画であれば、顔を見せる必要があるな」

「はい。誰もが鏡に映ったと観《み》て驚くくらい、ご自身そっくりな絵を描いてみせます」

ジェラルドを天才画家として一躍《いちやく》有名にしたのは、恐ろしいほど正確に描かれる風景や静物画だ。

見たものを、寸分《すんぶん》たがわずそのままキャンバスに描き写す技術において、ジゼルは王国中の誰にも負けない自信がある。

「面白い。そこまで言うのであれば、その目に焼きつけるがいい」

女王が扇子《せんす》を机の上に優雅《ゆうが》な仕草で置く。そうしてジゼルに余すところなく玉顔《ぎょくがん》をさらしてくれた。

（この人、ものすごくお美しい――ただ……）

はっきりとわかるほど濃《こ》い化粧《けしょう》は、まるで白粉《おしろい》の仮面を着けたようになってしまっていた。だが、そんな厚化粧《あつげしょう》に負けないほど、顔立ちの造形が美しい。言うなれば、化粧をする必要などないほどなのに、違和感《いわかん》がぬぐいきれない。

「さあ、私を描きなさい」

ジゼルが畏《かしこ》まりながら返事をすると、女王は威厳《いげん》たっぷりに頷いた。

女王と向き合いながら、ジゼルはデッサンを始める。まずは、二週間をめどに肖像画の構図を決めていく予定だ。

ジゼルの絵画の制作工程は、構図を決めるのにデッサンし、それらを元にキャンバスに下描きをしてから、やっと絵の具を塗っていく。

これだけでも時間と手間がかかるのに、あまつさえ油絵がすぐ完成しないのは、絵の具が早く乾《かわ》かないからだ。

乾燥しきっていない絵の具の上から色を置くと、あの贋作《がんさく》のように濁《にご》りやひび割れが起きてしまうこともある。しかし、絵の具の特長を生かせれば重厚《じゅうこう》な重ね塗りができ、厚みのある絵画に仕上がるのだ。

――だから作品制作は人が思う以上に時間を要する。

なのに、それをたった数カ月で仕上げなくてはならないという重圧がジゼルの肩にずっしりとのしかかってくる。それでも、大好きな絵を描ける楽しさと初めての肖像画の依頼《いらい》にジゼルは夢中だった。

描き上げたデッサンを確認した女王と侍女たちは、あまりの精緻《せいち》さに驚いて声が出せないでいる。

「……やはり素晴らしい腕前だ、ジェラルド」

「恐れ入ります。お気に召していただけたようで安心いたしました」

　女王ははっきりした目鼻《めはな》立ちが露《あら》わになるとさらに近寄りがたい印象ではあったが、実際話してみると、噂ほどには恐ろしさを感じない。

（でも、内面を悟《さと》られないようにしているみたい……）

　動かない表情と、厚塗《あつぬ》りの化粧がその証《あかし》のようだ。渡《わた》した紙を凝視《ぎょうし》する女王に、ジゼルはほんの少し近づいて様子を窺《うかが》う。

「なにか、気になるところがおありですか？」

　デッサンは誰がどう見ても完璧《かんぺき》だ。

　絶対の自信を持って訊《き》いたジゼルだったが、女王は意外な意見を述べる。

「そうだな。強《し》いて言えば、私の顔はこれほどまでに派手には思えない」

「なにをおっしゃいますか。皆《みな》が羨《うらや》ましく思うような、とても華《はな》やかなお顔立ちです」

　ジゼルの返答に女王は納得がいかないのか、ふうんと数回瞬《まばた》きをした。

　ジゼルとしては女王の姿そのものを描き出したつもりだ。だが、女王が不満を抱くようであれば意味がない。

「……陽光が強く、陰影《いんえい》をつけすぎたかもしれません。次回より善処《ぜんしょ》いたします」

　折り合いをつけるようにジゼルのほうが引くと、女王は満足そうに姿勢を正した。

「そろそろしまいにしよう。また明日、頼んだぞ」

侍女たちがてきぱきと片付けをすませていく。時刻はすでに夕方になっていた。

シャロンに廊下まで送ってもらって、ジゼルは宰相の執務室へ向かった。

ローガンとカヴァネルがジゼルの帰りを今か今かと待っており、入るなり「どうだった？」と様子を訊かれる。

ジゼルはひとまず今日描いたデッサンを二人に見せた。女王の反応はいま一つだったが二人はどうだろうと思っていると、驚きに目を見開いている。

「すごい再現度だな……これなら、デッサンから犯行の手がかりがなにかしら得られるかもしれないぞ」

「噂には聞いていましたが、これほどとは。陛下のご尊顔を久々に拝謁《はいえつ》した気持ちです」

（……よかった、やっぱりうまくできているみたい！）

「次回でいいので、部屋の内装も描いてきてもらうことはできますか？」

「それなら今、描きます。覚えていますから」

ジゼルは紙を挟んでおくカルトンから、まっさらな用紙を出し素早くペンを走らせる。

みるみるうちに、驚くほど正確に談話室が描写《びょうしゃ》されていった。あまりの技巧《ぎこう》に言葉を失ってしまった二人に、ジゼルは描いたばかりの室内の絵を見せた。

「紙に描《えが》き出《だ》すまで、私は見たものを忘れません」

ジゼルの絵画が『風景を切り取って持ち出してきたようだ』と言われるのは、実は彼女の瞬間的な記憶能力《きおくのうりょく》によるものだ。

見たものすべてを正確に紙に描き写すまで、その場面を鮮明に思い出すことができる。

「……──それは、すごい能力ですね」

「そうでもないですよ。脳が勝手に記憶しているだけなので、覚えている感覚も自分にはないですし」

日常では大して役に立つ場面もない。なので、ジゼルは主に絵画の完成度を高める際に活用しているくらいで、大した能力とも思っていない。

目をぱちくりさせている二人に気がつかず、女王に目立っておかしな様子は見られなかったことをジゼルは伝えた。

「……ローガンは、城下の視察はどうでした？」

「ボラボラが、複数の絵画をどこかから仕入れて倉庫に運んでいた。名誉挽回《めいよばんかい》するために性懲《しょうこ》りもなく女王に取り入ろうとしているのか……まぁ様子見だ」

カヴァネルの問いに、ローガンは胡散臭《うさんくさ》そうな顔で応《こた》えた。

「私のほうでは、今まで不審死だと思われる亡くなり方をした人たちの情報を再確認しています。医師にも詳《くわ》しい死因を分析《ぶんせき》させていますので、もう少しお待ちください」

各々《おのおの》が報告をし終わったところで、ジゼルは大事な要求を忘れていたと気づく。

「……あの、肖像画制作のための、別室を用意してもらえませんか？」

絵の具を使う工程に入れば、乾ききっていない油絵の具があちこちについてしまう恐れがある。加えて独特なにおいがあるため、とてもローガンの部屋に置いておくわけにはいかない。

「以前、宮廷画家たちが使っていた部屋がありますが、片付けが必要です。手伝いを呼びましょう」

「あ、いえ……大丈夫です。一人でできます」

かなり広い部屋ですよ、とカヴァネルは心配そうにするが、ジゼルは固辞《こじ》した。正体を隠しているのだから、関わる人は最小限にしたい。

「だったら俺が手伝う。二人きりのほうが都合がいい」

「そうですか。たしかに、付き合いたての恋人同士、二人だけで過ごす時間は大事ですよね。では、そちらの部屋も自由に使っていただいて結構ですよ」

「へっ⁉」

「……！」

ジゼルとローガンの表情を照《て》れ隠《かく》しと勘違いしたのか、カヴァネルは生《なま》ぬるい笑みを浮かべるのだった。

複雑な思いに駆られながら短い報告会を終えてローガンの部屋に戻ったジゼルは、緊張の糸が切れてソファーに深く座り込む。

（……女王陛下に気に入ってもらえる絵を描かなくちゃ）

ここから始まるのだ、と緻密《ちみつ》な女王のデッサンを見ながら息を吐いた。

少し休むつもりが、あまりにも疲れすぎて眠気に襲《おそ》われ、船《ふね》を漕《こ》いでしまう。

「おいチビ助、ここじゃなくてベッドで寝ろ」

間近で声が聞こえてきて目を開けると、ローガンが覗き込んでいた。

「それとも、また昨日みたいにお姫様《ひめさま》抱っこで運ばれたいならお望み通り――」

「お……お姫様抱っこ⁉」

ジゼルは驚いて目を覚ます。ニヤニヤとローガンが意地悪に笑った。

大慌《おおあわ》てで立ち上がって逃げようとしたが、ローガンの両腕《りょううで》に阻《はば》まれてしまう。

「ほら、どうしてほしいか言ってみろよ」

「もう一台ベッドが必要だって、カヴァネル様に申請《しんせい》する！」

「バカ！　そんなことしてカヴァネルに疑われてみろ、あっという間に……」

腕が切られるぞとジェスチャーされて、ジゼルは縮み上がった。

「……しょうがないからベッド半分こね。でも絶対にこっち来ないでよ！」

「お前に命令されるいわれはない。むしろお前のほうが寝ぼけてこっちに来るかもな。その時は恋人らしく――」

「絶っっっ対ないからっ!!」

結果的にうまく言いくるめられ、これで毎晩一緒のベッドで寝ることが確定してしまった。それに気づいた頃には時すでに遅く、ジゼルはその日から寝る前に枕《まくら》で堤防《ていぼう》を築き上げることになるのだった——。

翌日ジゼルは歴代の宮廷画家たちが使っていたという、広い作業部屋にローガンと一緒に向かった。片付けくらい一人でできると言い張ったのだが、ローガンは無視してついてきてしまった。

ローガンだから仕方ないかと渋々《しぶしぶ》納得し、さっそく掃除《そうじ》を始めるが、部屋はカヴァネルが言っていたほどひどい状態でもない。予想していたよりも早くすみそうだ。

「……だから一人でいいって言ったのに。ローガンだってカヴァネル様の仕事で忙《いそが》しいんでしょう?」

「口じゃなくて手を動かせ」

ムッとして言い返そうとしたのだが、ローガンの次の言葉に口をつぐんだ。

「お前さ、慣れてないのになんでも一人でやろうとするなよ」

（……あれ、もしかして心配してついてきてくれたのかな……？）

「たとえ悲鳴を上げなくとも、掃除係に二秒で正体がバレるぞ」

（前言撤回《ぜんげんてっかい》！　ひどいっ！）

ふと視線を感じて入り口を見ると、通りがかった衛兵や侍女が、なにをしているのだろうと中を覗き込んでいる。

しかし、掃除するローガンの姿を見るなり、皆目を合わせないようにしながら足早に去ってしまう。

「もしかして、ローガンって王宮の人から嫌《きら》われてるの？」

「はぁ……？」

「ローガンの態度が大きいからじゃない？　顔はきれいなのに、ものすごーく口が悪いし」

「お前こそ女だって知られたらまずいんだろ。扉くらいちゃんと閉めろバカ！」

ローガンはふんと鼻を鳴らして、乱暴に入り口の戸を閉めた。

一通り片付けが終わり、最後にジゼルが棚《たな》の隙間《すきま》を掃除していると、奥のほうになにかが挟まっているのが見えた。

引っ張り出してみると、ずいぶんと古い描きかけのデッサンのようだ。

「このものすごくきれいな人は誰だろう？　先代の王様と一緒に描かれているみたいだけ

ど、顔立ちが少し王国の人と違うみた……」

ひょいとジゼルの後ろからローガンが紙を取り上げる。ジゼルがあっと目で追うも、ローガンに首を斬《き》る身振《みぶ》りをされた。

王族について詮索《せんさく》することはタブーだったのを思い出し、ジゼルはなにも見なかったことにする。

「ったく、見かけだけきれいにして、細かいところは結構散らかってやがるな。これだって、もう少し置き場所を――」

ローガンは話を逸《そ》らすように、絵の具が入っている革《かわ》の入れ物を手に取った。並べ変えようとした拍子《ひょうし》に強く握《にぎ》ってしまい、手に絵の具がべったりとつく。

「あー！　なにしてるの⁉　ちょっとこっち来て！　早く‼」

ジゼルはローガンを引っ張り、手についた絵の具を急いで布で拭《ふ》き取《と》り始める。

「大げさすぎるだろ。こんなのあとで洗えば大丈夫だ」

「早く落とさないとダメ！　ローガンはこれ、なんだか知ってるの？」

「お前、俺のことバカにしてんのか？」

「してない。これは一見ただの絵の具だよ。ただし、使う人によってはという意味でね」

ローガンは訳がわからないという顔になった。

「絵の具って『毒』だから。あ！　ちょっと……動かないでってば！」

毒と聞いて手を引っ込めようとしたローガンの腕を、ジゼルは抱え込んで阻止《そし》する。

「私たち絵描《えか》きはこれが劇物だと知っていながら、絵の具として使用しているの」

「ずいぶんと危ないもん使ってるんだな」

「これがないと描けないから。吸い込んだり、皮膚《ひふ》に直接つけたりするのは危険だよ。着彩《ちゃくさい》する時は専用の部屋にしたほうがいいから、この部屋の片付けをしているわけで」

ジゼルはローガンの手についた絵の具を、オイルを使ってささっと落としていく。

「きれいな色だけど、特に鉱物を使った色味は結構、危なくて」

これとか……と言いながら嬉々《きき》としてパレットに絵の具を広げ始めたジゼルに、ローガンはなんともいえない顔をした。

「楽しそうに毒物談義してるところ悪いけど、とっとと掃除終わらせるぞ。これから女王の所に行くんだろ？」

「あ、絵の具に触《さわ》ったからつい熱中しちゃった！」

「……本当に、バカみたいに絵を描くことが好きなんだな」

ローガンがぼそりと呟いた声は、絵の具に夢中になっているジゼルには聞こえていない。

アトリエとして使えるようになった部屋を見渡《みわた》したジゼルは、正式な宮廷画家として部屋を貰えたように思えて、がぜんやる気をみなぎらせていた。

構図を決めるため、女王の元に通って早一週間。

女王に特にこれといって変わった行動は見られない。

目端《めはし》が利《き》くわけでもないジゼルは、ちょっとした表情の変化はなるべく詳細《しょうさい》に絵に描きとめるよう心がけていた。

さらに最初に指摘《してき》を受けてから、少しでも不機嫌そうにされると、ジゼルはすぐさま絵の修正を繰《く》り返《かえ》すようになった。

できあがったデッサンは、ジゼルの見ているものとは違っていたが、女王はおおむね満足そうにしている。

（う～ん……本当にこれでいいのかな？）

ジゼルの正体を知る両親や兄弟の肖像画を描いた時には、不満そうにされたことはない。

それに、これまではジゼルが見た風景そのままを描いて喜んでもらっていたため、相手の顔色を窺《うかが》いながら描くという作業に少しだけ戸惑《とまど》いも覚えていた。

絵の腕前には自信がある。技術を向上させる努力は惜《お》しむつもりもない。

だが、とにかく今はなにかが違うと自身の感覚が訴《うった》えている……。

（ちゃんと、描けていると思うんだけどなぁ）

もしかすると、色を入れたら印象も変わるかもしれない。ジゼルはひとまず気に入った構図を選んでもらえるようにと手を動かすしかなかった。

——そんなある日、女王の私室への入室許可が出された。

気に入っている調度品と共に肖像画の構想を練るようにと、女王の意向を書いた紙をシャロンが渡してくれる。

今の時点で、女王を疑う要素はない。だからといって、完全に犯人ではないとも言い切れない。

逆に、事件の手がかりがあるとすれば、私室はうってつけの場所だ。

休憩時間《きゅうけいじかん》に執務室でカヴァネルにシャロンのメモを渡すと、喜びと同時に彼は別のなにかを考え込み始めた。

「……時に、ジェラルド殿のお世話は、シャロンに任されているんですよね？」

「はい。シャロンに、なにか不都合なことでも？」

侍女はたくさんいるが、女王と共にいる間のジゼルの世話は、年が近いシャロンがほとんど務めるようになっていた。

必然的に一緒にいる時間が長くなっていたが、正体を隠しているジゼルにとって、多く会話をする必要がないこともあり助かっている。もちろん観察した限り、彼女にも特に怪しいところは感じられない。

「シャロンは元々下働きとして王宮に入り、ラトレル殿下に気に入られて侍女になったのですが……。殿下が行方不明になり解雇《かいこ》されそうになったところを、女王陛下側で引き取った、という経緯《けいい》があります」

それは、ジゼルが初めて聞く話だった。

「ですが、ほかのラトレル殿下の侍女は多くが暇《ひま》を出《だ》されています。調べの途中《とちゅう》ですが、中には行方不明者や、亡くなった者までいるようです。彼らの死は、王宮の不審死と関連づけるべきではないかと思っています」

「つまり、解雇もされず元気なままのシャロンはどこか怪しい……ということですか？」

「わかりません。ですが、おかしな動きがないか用心してください」

ジゼルはあのシャロンが……と信じられない気持ちになりつつ、念には念を入れて、今まで以上に気を引きしめた。


それから二日と待たず、女王の私室に入る機会がやってきた。

カヴァネルからは、そうそう入れることなどないだろうから、微《び》に入《い》り細《さい》に入《い》り部屋の特徴《とくちょう》を記憶してくるようにと念を押されている。

緊張が顔に出ないように心臓をなだめすかせて、いつも通りに談話室へ向かった。

扉の前で、シャロンが待っている。ジゼルには彼女はいつも通りの様子にしか見えなかった。

「失礼します……」

ドキドキしながら未《いま》だ立ち入ったことがない女王の部屋――談話室の先へ進み、ジゼルは次の瞬間顔を輝かせた。

「――わあっ！」

「気に入ったか？」

奥から女王と侍女頭がやってきて、ジゼルは礼をした。

「女王陛下。このたびは、特別に入室許可をいただきありがとうございます」

「良い。そなたには、素晴らしい作品を描いてもらわねば困るのだ」

壁《かべ》にはセンスよく絵画が飾《かざ》られてあり、中にはファミルーのものと思われる作品まである。さすがは絵画に造詣《ぞうけい》が深いとされる女王の私室だ。

それなのに、特別豪勢《ごうせい》な談話室に比べると私室のほうは物足りないくらいの慎《つつ》ましさだ。しかし、機能的で質の良いものが取《と》り揃《そろ》えられており、実用性を重視しているようにも思える。ジゼルは近くで絵を見たい衝動《しょうどう》を必死で我慢《がまん》した。

「素晴らしいの一言に尽《つ》きますね」

できるだけゆっくりと部屋全体を眺めながら、その一方で自分の役目も忘れない。

この空間のすべてを目に焼きつけるつもりで神経を研《と》ぎ澄《す》ます。戻ったらぜんぶ微細《びさい》に描き起こせるように。

もう一度部屋の反対側を見ようと振《ふ》り返《かえ》ったジゼルは次の瞬間——。

(————っ!)

女王に至近距離で凝視《ぎょうし》され、出かかった悲鳴を呑み込んだ。瞬《まばた》きもせず真顔で覗き込まれるのは、心臓を摑まれたような感覚だ。

(——まずい、不審に思われちゃったかな⁉)

「ジェラルド、そなたは……」

泳ぎそうになる視線を固定し、ジゼルはいつもと同じようにニコッと微笑んだ。

「絵を描くのに素晴らしい題材が多すぎて、思わずあちこちに目が向いてしまいました」

すると女王は「そうか……」と身を引き、取《と》り澄《す》ました顔で今日はどのようにデッサンするかをジゼルに尋《たず》ねてくる。

平静を装《よそお》うようにしたが、先ほどの射貫《いぬ》くような瞳が恐ろしくて、気がつけばジゼルの背中にはびっしょりと冷や汗が滲《にじ》んでいた。

(——怖《こわ》かった……)

恐怖心《きょうふしん》を追いやってジゼルはさっそく準備を進め、女王の姿をデッサンに落とし込んでいく。

「ところでジェラルド、週末の予定はあるか？　ジェフリーと食事の予定がある。そなたもどうだ？」

女王からの突然《とつぜん》の招《まね》きに理解が追いつかず、ジゼルはしばらく動きを止めてしまった。

ジェフリーといえば、病弱で玉座に就いても先が危《あや》ういとカヴァネルが憂《うれ》いていた第二王子だ。それを裏付けるように、ジゼルは一度も彼の姿を王宮で見たことがない。

「ジェフリー殿下とお食事……私が臨席《りんせき》しても良いのでしょうか？」

「あの子は私に似て芸術が好きだ。話をしてやってくれ」

思ってもみなかったなりゆきだが、なぜ誘われたのかははなはだ疑問だ。

私室に呼ばれたとはいえ、懇意《こんい》に思ってもらうほど日数《ひかず》も経っていないのに……なにかの罠《わな》のように感じずにはいられない。

怪しいとは思ったが、返事を渋《しぶ》るわけにもいかずジゼルは頷く。

「承《うけたまわ》りました。ぜひご一緒させてください」

ジゼルの返事を聞くと、女王はほんの少し嬉しそうに目を細めた。

作業部屋に戻るなり、ジゼルは息つく暇《ひま》もなく今見てきたものを紙に描き始めた。

女王に初めて会った日以来、なにか証拠《しょうこ》になるようなものがないかと、ジゼルはこうして毎日のように見たものを精緻に描き出す作業を繰り返している。

まだ幼かったジゼルは、どうしてこんなに正確に描けるの？　と家族に訊かれ、その時初めてこの能力に気づいた。

絵画の制作以外に役に立つとは思っていなかったが、今回の事件の捜査協力は、ジゼルの瞬間記憶能力を存分に発揮できる依頼だ。

床《ゆか》に落ちている髪の毛一本でさえも見逃《みのが》さない。そんな気持ちでジゼルは熱心に画面と向き合っていた。

夜まで絵に根《こん》を詰《つ》めてから部屋に戻って休んでいると、しばらくしてローガンが帰ってくる。

「……お帰り、ローガン」

「ああ。女王の私室へのご招待はどうだった？　……なんだ、疲れた顔してるな」

げっそり顔のジゼルに、ローガンが眉根《まゆね》を寄せて隣《となり》に座り込む。

「おい、本当に顔色が悪い……まさか熱でも」

そのままローガンはジゼルの額に自分の額をつけて熱を測ろうとした。美しい顔が間近に迫る。

（ひいいいい！　近い近い近いっ！）

ジゼルは腕を突《つ》っ張《ぱ》らせて「大丈夫！　ちょっと頭使いすぎちゃっただけ」と上《うわ》ずった声を出した。

「じゃあ特別に、頭使って頑張った褒美《ほうび》をやろうか？」

「へっ⁉」

ニヤリとローガンが笑ったのを見るなり、よからぬことだと察しがつく。必要ないと伝えようとして慌てて立ち上がったが、勢いをつけすぎたあまり、横にあったインク壺《つぼ》に手が当たって倒《たお》してしまった。

「わっ……やっちゃった！」

流れ出た液体の上についた左の手のひらが、真っ黒になる。さらにインクはあちこち飛び散り、ローガンにまで黒い点が付着した。

「ご、ごめん！　ローガンの顔にまでついちゃった。早く拭かないと！」

ローガンは、呆《あき》れながらジゼルをグイッと引っ張って自身の膝《ひざ》の上に乗せる。さらに、近くにあったシルクの布で、ジゼルの汚れを拭《ぬぐ》おうとした。

「先にローガンの顔拭いて！　私はそんな高級なものじゃなくていいから！」

「黙《だま》って拭かれろ。なんでも言うこと聞く約束だろ？」

「それはなんか、使い方が違う！」

二人で言い争いをしていると、ノックもほどほどに扉がバーンと開けられてカヴァネルが足早に入ってきた。

「二人によいお知らせで――おっと、あとでのほうがいいですか？」

じたばたするジゼルを膝の上に乗せてあしらうローガンを見るなり、カヴァネルは目をしばたたかせた。彼からすれば、恋人同士がじゃれ合っているように見えたのだろう。

「……いいから、用件を話せよ」

ローガンがジゼルを膝から下ろし、うんざりした顔で先を促《うなが》すと、カヴァネルは「そうそう」と満面の笑顔で書類を突き出した。

「なんと。噂を聞きつけて、ウェアム妃からもジェラルド殿に肖像画を描いてほしいと連《れん》絡《らく》がありました」

「えっ⁉　えええっ――」

「日程を調整しておきます。なにしろラトレル殿下が消息不明になってからというもの、殿下の安否《あんぴ》を誰よりも危惧《きぐ》しているのは、母親であるウェアム妃ですからね」

カヴァネルはいつになく饒舌《じょうぜつ》だ。

「ラトレル殿下の捜索は今でも秘密裏《ひみつり》に行われておりますが、母親にしかわからない情報などを聞き出せたらありがたいですね！」

おまけにジゼルの見たものを描く能力があれば、絵から足がかりを得る可能性もあるはずだと嬉しそうにしている。

しかしジゼルは一瞬喜んだあと、困ったように口を開いた。

「で、ですが……。私は仮の宮廷画家で……」

画家としては大変ありがたい申し出ではある。が、身体検査が増えることを考えると、男装がバレる危険が倍になる。

カヴァネルは慌てるジゼルに、にっこりと素敵《すてき》な笑みを向けた。

「……報酬は倍額、今後数十年の間、リーズリー家の後ろ盾《うしろだて》を確約しましょう」

「……っ⁉」

「はい、交渉成立《こうしょうせいりつ》ですね！　というわけで、ここにサインを今すぐに！　と思いましたが、ジェラルド殿が乗り気ではないようでしたら無理にとは……」

汚《よご》れたジゼルの手のひらを見て、カヴァネルは書類を引っ込めようとする。

その言葉の裏に、報酬や後ろ盾がなくなってしまうぞ、と急《せ》かされたような気がしてジゼルは動揺《どうよう》した。

「だっ大丈夫です。やります！　今すぐ署名できます！　待ってください！」

ジゼルは汚れていない右手で机の上にあったペンを取ると、急いで署名した。

「おや……ジェラルド殿は左利《ひだりき》きだと認識していましたが、両手で書けるとは」

「基本は左手なんですが、絵を描く時に両方使えたら便利なので、どっちでも変わらなく描けるよう練習したんです」

インクの汚れを落としてから、右手と左手の両方で文字を書いて二人に見せる。

「文字を右手で書くのは苦手なので変な癖《くせ》がありますが、絵は利き手と遜色《そんしょく》なく描けます！」

「絵のためにそこまでするか、普通《ふつう》……」

ローガンが思わず驚きを声に出した。

「利き手によって線の曲がり方が変わるし、影《かげ》をつけやすい向きも変わる。ちなみにボラ
ボラ商会の贋作は右利きの人が描いたものだよ。サインに右手で書いた癖があったから」

ファミルーは左利きなのにね、とジゼルは肩をすくめた。

そのまま報告会が始まり、ジゼルは女王の私室を描いたデッサンを二人に見せる。

そういえば、女王の私室に入った時に間近でじっとりと見つめられたのは、なんだった
のだろう。女王は、なにかをジゼルに訊《たず》ねたい様子だった。

「……もしかすると、事件の手がかりが女王陛下の私室にあるのかもしれない。あの時だ
けいつも以上にすごく私のことを警戒したから……」

「警戒といっても、面と向かって疑われたわけじゃないんだろ？」

ローガンの言《げん》にそうだけど、とジゼルは頷くがいま一つ腑《ふ》に落《お》ちない。

「ジェラルド殿の絵を見る限り、特に変わったところはなさそうに見えますね」

カヴァネルは手がかりはなさそうだと結論付けようとしたが、ローガンが部屋の素描《そびょう》
の一点を指さした。

「……なんでこんなのが飾ってあるんだ？」

ほかの作品よりも小さいサイズのキャンバスに、酒瓶《さかびん》が描かれた静物画が掛けてある。

「言われてみれば……見たものを描くのに夢中で、全然気がつかなかった」

「風景画や花の絵ばかりなのに、これだけ白黒でつり合いが取れてない」

別の角度から描いた絵を見ても、やっぱり変だとローガンが首をかしげる。カヴァネルは思い出したように口を開いた。

「外国の作品のように見えますし、贈《おく》り物《もの》かもしれません」

「交流会で他国から貰ったものか？　だとしたら飾っていてもおかしくないが……」

まだ納得がいかない様子のローガンの横で、ほかに変わったことがなかったかとジゼルは記憶をたどる。

「そうだ、大事なことを忘れるところだった。女王陛下からジェフリー殿下との食事会に招かれたんです」

カヴァネルもローガンも意外な報告に驚いたようだ。

「お誘いは嬉しいんですが……そこまで私が信用されているとは思えなくて」

「……ああ、そういえば、ジェフリー殿下は絵画がとても好きでしたね」

ジゼルの不安をぬぐうように、カヴァネルは笑顔になる。

「女王陛下があなたを疑うとは思えませんよ。むしろ、陛下はジェフリー殿下と会わせたいほどジェラルド殿が気に入ったのでしょう。これを機にどんどん探りを入れてください」
カヴァネルの太鼓判に、ジゼルは戸惑いつつも頷いたのだった。

第三章 新たな事件の手がかりが見つかる

その日、ジゼルはウェアムに呼ばれていた。

側室妃《そくしつひ》にまで指名されるとは、画家にとって大変名誉《めいよ》なことではある。

しかし。性別を偽《いつわ》り女王の身辺を探《さぐ》っている身としては、嬉《うれ》しさよりも自分の命のほうがどうあっても心配だ。

大丈夫《だいじょうぶ》かなと怯《ひる》むジゼルの気持ちを知らないカヴァネルは、一刻も早くラトレルの手がかりを得たいとすぐさま予定を合わせてきた。

そのため、二日と待たず、ジゼルはウェアムの前にこうしてかしずくことになっている。

「――少年って聞いていたけれど、ずいぶん可愛《かわい》らしい顔立ちなのね」

（うっ……可愛いってあんまり男性には使わないはず……！）

含《ふく》み笑《わら》いをされて、まさか女だと気づかれているわけではあるまいとジゼルは冷静に深々と礼をする。

「恐れ入ります。このたびはありがたいお申し出に感謝しております」

「これまで女王陛下《へいか》の依頼《いらい》をことごとく断《ことわ》ったと聞いていたから不安だったけれど、引き受けてくれて良かったわ。わたくしの肖像画《しょうぞうが》も描《えが》いてちょうだい。もちろん、とびっきり美しくね」

「ご不安な思いをおかけして申し訳ございません……誠心誠意《せいしんせいい》、頑張《がんば》らせていただきます！」

初めて対面するウェアムには、愛らしいという言葉がぴったりだった。

女王よりも格下の貴族階級と聞いたが、たしかに上流貴族特有とも言われる金髪碧眼《きんぱつへきがん》ではなく、金髪に緑の瞳《ひとみ》を持っている。

二年もの間息子《むすこ》が行方不明《ゆくえふめい》になり、さらには亡《な》くなっていると噂《うわさ》されている状況《じょうきょう》から、さぞかし憔悴《しょうすい》しているのだろうとジゼルは予想していた。

ところが、表には出さないようにしているのか、ウェアムから悲壮感《ひそうかん》は見受けられない。

（皆を心配させないように振る舞っているのかな……）

恒例《こうれい》の持ち物検査を無事終えた道具を広げながら、ジゼルはデッサンから始める。

女王と違《ちが》いすぐに入室を許可されたウェアムの部屋は、いい香りに満ちていた。

手を動かしながら、怪《あや》しまれない程度に私室の中を観察すると、ガラスの棚《たな》には数多くの香水瓶《こうすいびん》が並んでいる。入《い》れ替《か》えを自分で行っているようで、スポイトなどの器具も近くに飾《かざ》られてあった。

（見たことない数の香水や化粧品《けしょうひん》……それに、とってもオシャレで華《はな》やかな部屋）

可愛らしいものが好みのようで、取《と》り揃《そろ》えてある調度は女王のそれとは打って変わったロマンチックで華美《かび》な品ばかり。

それらを引き立てる明るい室内は、日当たりが良すぎるためか、窓際《まどぎわ》に置かれた植物の元気がない。気がついた侍女《じじょ》があわてて水をたっぷり与えている。

ジゼルはこれ以上よそ見はいけない、とウェアムを描くことに専念する。シャッシャと木炭を紙に走らせる音だけが響《ひび》き、静謐《せいひつ》な時間が流れた。

「そういえば……あなた、女性に興味がないっていう噂《うわさ》は本当なの？」

「○×▼□……っ!!」

声にならない声を上げたジゼルは、動揺《どうよう》して木炭をポキッと折ってしまった。

侍女たちがジゼルとローガンが恋人同士《こいびとどうし》だと大騒《おおさわ》ぎしていたのだと、わざわざ懇切丁寧《こんせつていねい》に教えてくれる。

（たしかに……ローガンの部屋に掃除《そうじ》に入ったら、一緒《いっしょ》に寝《ね》ているのがわかっちゃうよね）

寝る前にきちんと枕《まくら》で防波堤《ぼうはてい》を作っているのだが、寝ぼけて（意図的かもしれないが）こちら側に侵入《しんにゅう》されていることはしょっちゅうだ。だが、文句を言おうものなら、悪魔《あくま》のような笑《え》みで一蹴《いっしゅう》されてしまう。

今朝もそんな感じで、気づけば抱《だ》き枕《まくら》にされていたなと思い出して恥《は》ずかしさに身もだえしていると、勘違《かんちが》いしたウェアムはふふふ、と笑う。

「あらあら、顔が真っ赤。噂は本当なのね」

「ええ……あはは………」

「わたくしは応援《おうえん》するわ！　そうだ、修道院の恋《こい》の薬が効《き》くのよ。取り置きがあるからこれをあなたにあげるわ……いちころなんですって」

ウェアムは自ら立ち上がって、棚に近寄る。珍《めずら》しいラベルや面白《おもしろ》い形のガラス瓶が多く入っているそこから、桃色《ももいろ》の液体が入った可愛らしい小瓶《こびん》をジゼルに差し出した。あまりにもまばゆい笑顔《えがお》にジゼルの顔が引きつる。

「あっ……ありがとうございます……」

「ところで、女王陛下の肖像画も描いているのだったら、ジェフリー殿下《でんか》も描くの？」

「それは……依頼を受けておりませんので」

そう、と言うなり、ウェアムは悲しそうに肩《かた》を落とした。

「……叶《かな》うなら、ラトレルも描いてもらいたかったわ」

思い出したように、ウェアムは行方不明の息子の心配を始めた。

やはり気にしていないふりをしていただけなのだろう。とつじょ見せた母親の顔に、ジゼルはなんと答えていいか悩《なや》んだ。そもそもラトレルが消息不明《しょうそくふめい》なのは、女王から箝口《かんこう》令《れい》が出されているはずだ。

「よろしければ、ぜひ、私にラトレル殿下を描かせていただけたらと存じます」

考えた末、ラトレルの事情を知らない前提の自分が返しても、不自然ではないだろう無《ぶ》難《なん》な言葉を口にする。

「あら……あなた宰相《さいしょう》から聞いていないの？　てっきりすでに知っていると思っていたわ。あの子、行方がわからなくなってしまったのよ」

ジゼルはたった今知ったといわんばかりに目を見開き、木炭を落っことしそうな素振《そぶ》りをしてみせた。しかし、カヴァネルには首と胴《どう》が離《はな》れるとまで脅《おど》されたのに、やけにあっさりと告げられたものだ。

ウェアムは辺りを少し気にしてから、こちらにいらっしゃいとジゼルを手招きする。

「ラトレルは、女王陛下に監禁《かんきん》されているって噂よ」

「……えっ？」

「あなたも気をつけたほうがいいわ。陛下は、邪魔者《じゃまもの》を消しているという悪い話が絶えないのだから」

「そんな……」

「息子のことは、わたくしも心配でたまらない。でもあの子は生きていると信じているから……話してはいけないのに、ついしゃべってしまったわ。このことは絶対に誰《だれ》にも言っちゃダメよ。女王陛下に知られたら命を狙《ねら》われてしまうもの」

気をつけてねと、手をぎゅっと握《にぎ》って覗《のぞ》き込《こ》まれる。潤《うる》んだ緑色の瞳を見つめ返しながらジゼルは頷《うなず》いた。

（やっぱり、女王陛下が怪しいんだ――）

ジゼルは午後まで滞在《たいざい》し、さりげなく部屋の内装なども描いた。

「――いかがでしょうか？」

ウェアムにできあがったデッサンを見せると、「うーん」と反応がパッとしない。

「なにか、お気づきの点やご要望などはございますか？」

「そうねえ……こんなに顔が丸かったかしら？　それに、首元がたるんで見えるわ。見たままを描けるという噂だと聞いていたのだけれど」

ジゼルは彼女の首元をちらりと見てから「影《かげ》の具合でそう見えてしまったようです」と言い訳を添《そ》えた。

「焦《あせ》らなくていいわ。宰相から、あなたは交流会の大役を頼《たの》まれて忙《いそが》しいと聞いているから」

気長に完成を待つようにと、カヴァネルが口添《くちぞ》えしてくれていたのはありがたかった。

「ありがとうございます。素敵《すてき》な肖像画に仕上げてみせます！」

ジゼルが首元のしわをすべて消し去ると、ウェアムは満足そうにした。

「交流会も楽しみよね。無事に終わるといいわ」

口元を少し持ち上げたのち、ウェアムは花が開いたように可憐《かれん》な笑顔になる。大きく頷いてから、ジゼルは侍女に連れられてようやく部屋を出た。

作業部屋に戻《もど》るなり、見てきたばかりの私室を描出《びょうしゅつ》する。

（……そのままを描いているだけなのに、なにが違うんだろう……？）

ジゼルの風景や静物画は、これまで間違《まちが》いなく国内で最高峰《さいこうほう》だと称賛《しょうさん》されてきた。

しかし、肖像画となったとたんに王妃《おうひ》たちの反応は芳《かんば》しくない。

どこが気に入らないのだろうと考えたが、答えが見つからないまま、ジゼルの中で重たい悩みの種になっていた。

「女王陛下の噂も気になるし——先にカヴァネル様に報告に行ったほうがいいかも」

ジゼルは描き終わったデッサンをカルトンに挟《はさ》み込《こ》み、執務室《しつむしつ》に向かった。

ところが、カヴァネルは手が離せないらしい。仕方なく報告を諦《あきら》めてローガンに話を聞いてもらおうと部屋に戻る。が、残念なことに部屋はもぬけの殻《から》で、窓が開いている。

「……また窓を出入り口代わりに使ったんだ」

ローガンが今朝、恒例となってしまった恋人の挨拶《あいさつ》だというキスをしながら「今日は城内の見回りに行ってくる」と言っていたのをジゼルは思い出す。

（……世の中の『恋人』同士って、私が知らないだけで毎日あんな風にキスするのかな。

なんかもう……心臓に悪いんだけど）
思い出して火照《ほて》ってきてしまった顔を冷《さ》まそうと窓に近寄ると、ちょうど城壁《じょうへき》のほうに向かって歩いているローガンの後ろ姿を視界の端《はし》にとらえる。
ジゼルは一瞬《いっしゅん》考えたあと、カルトンを持ってローガンを追いかけることにした。

城壁周辺をあちこち捜し、ジゼルはやっとローガンを発見した。人気《ひとけ》のない植栽《しょくさい》近くにしゃがみ込んでいる後ろ姿に近寄る。

「ローガン！　今忙しい？」

「……ジゼル？」

大丈夫だと返事をしたローガンが、次の瞬間《しゅんかん》「痛っ！」と急に声を上げた。覗き込むと、ふてぶてしい顔をした黒猫《くろねこ》がローガンの指に嚙《か》みついている。

「なんだよ、さっきまでおとなしく撫《な》でられてたのに！」

ジゼルの姿に驚《おどろ》いたのか、猫《ねこ》はあっさり指から離れると素早く去っていってしまった。

じっと上からジゼルが見下ろすと、気まずそうにローガンが視線を外す。

「まさかローガン……猫と遊んでいたの？」

「あいつが寄ってくるから、仕方なくかまってやってたんだよっ！」

いつも尊大な態度で怖《こわ》いものなしなのに、猫に嚙みつかれてばつが悪そうな顔をしているローガンが急に可愛く見えて、ジゼルの口がによによ動いてしまう。

「さっきウェアム妃に貰《もら》ったんだけど……この恋の薬あげようか？　猫ちゃんに飲ませたらローガンのことを好きになってくれるかも」

ジゼルが瀟洒《しょうしゃ》な小瓶をローガンの目の前で振《ふ》ると、素早《すばや》く取り上げられた。

「あいつはオスだ！　余計なこと言ってると話聞いてやらないからな！」

ローガンは、怒った様子ですたすたとどこかへ歩き始めてしまう。ジゼルは慌《あわ》てて「ごめん」と謝りながら彼のあとを追った。

「……あれ？　私、話をしたいって言ったっけ？」

「わざわざ俺を捜してきたんだから、用事があるんだろ」

そのまま近くの階段から牢固《ろうこ》な城壁に上っていく。衛兵たちとすれ違いながら、西側の突出《とっしゅつ》した石造りの望楼へ向かった。

「すごい……こんな景色がいいところあるんだ。気持ちいいね！」

「新しい見張り台が向こうにできたから、ここは使われなくなって誰もいないんだよ」

遠くには海に沈《しず》みかけの夕日が見えていて、心地《ここち》のいい風が頬《ほお》を撫でていく。

「で、ウェアムのほうはどうだった？」

「ウェアム『妃《ひ》』ね。ローガンってそのうち不敬罪《ふけいざい》で鞭打《むちう》ちになりそう」

妃《きさき》を呼び捨てにするローガンは相変わらず口が悪い。しかし、ジゼルの忠告が効《き》いていいる様子もなく話の続きを促《うなが》された。

「あのね、ウェアム妃は、女王陛下がラトレル殿下を監禁しているんじゃないかって疑っているみたい」

「あいつがそう言ったのか？」

「うん……。私にだけこっそり話してくれたんだと思う」

ジゼルはカルトンから先ほど描いたばかりの絵を渡《わた》す。

「なにか手がかりになるようなものはあるかな？」

ジゼルからそれらを受け取ったローガンは、詳細《しょうさい》に描かれたウェアムと部屋の絵の再現度に、相変わらずすごいなと感嘆《かんたん》のため息を漏《も》らしながらじっくりと見入った。

「ラトレルの行方もわからないままで女王を犯人だとか疑っているわりに、ウェアムは平気そうな顔してるんだな」

「周《まわ》りに心配をかけたくないんじゃないかな。殿下は生きているって信じてるっておっしゃっていたし」

ローガンは「ふうん」と言いながら、手元に視線を戻し、描かれた絵の一部を指さした。

「珍しいラベルや面白い形の瓶、香水の数々……いかにも、可愛くて目新しい物好きだな」

言われてみれば、家具などもいかにも女性が好みそうなデザインが多かったことを思い出し、ジゼルはローガンの察しの良さに感心した。

逆に自分は、意識していなくとも目が捉《とら》えた情報を勝手に脳に蓄積《ちくせき》させている。そのせいもあるのか、その場その場でなにかに気がつくことは少し苦手のようだ。

「ローガンは洞察力《どうさつりょく》がすごいね。女王陛下の時みたいに疑われても困るから、今回はあんまり見ていられなくて、デッサンが雑になっちゃったのに」

所々描《えが》き出《だ》せなかったと反省するジゼルに、ローガンは眉《まゆ》をひそめた。

「ほかの画家が聞いたら泣くぞ。これを見れば、あいつが乙女趣味《おとめしゅみ》だってすぐわかる出来なのに」

「大げさだなあ。紙に描くまでは見たものを覚えていられるだけだよ」

「いや、女王の顔だって、まるで本物がそこにいるみたいだった。……あの人も昔はもっと……」

「昔……？」

面識があったのかと思っていると、すぐにローガンが話題を変えた。

「女王は即位《そくい》してから、お気に入りの絵が映《は》えるように、部屋を改築して壁《かべ》も塗《ぬ》り直《なお》したって聞いたな」

「そうそう、すごく素敵な緑色の壁のお部屋なんだよ！　……あそこに私の作品も飾ってもらえるように、もっと頑張らないと！」

「意気込みすぎるなよ。元々ドジなんだから、ぼろが出るぞ」

元々ドジとはどういうことだと見上げたら、ローガンの手がジゼルの頬に触《ふ》れて、グイッと上を向かされる。

「なっ……なに？　私の顔になにかついてる⁉」

「お前さ、ここ最近、ずっとなにか考えながら描いてるだろ？」

なんだろう、このローガンの鋭《するど》さは。

「悩んでいるなら今だけ特別に聞いてやる……どうせ絵のことだろ？」

「えっと、別に大したことじゃないし」

「へえ。隠《かく》しごととはいい度胸だ。俺に逆らうとどうなるか、そんなに知りたいっていうなら……」

最後に放たれた一言と伸《の》びてきた手に大慌《おおあわ》てし、ジゼルは腕《うで》を突《つ》っ張《ぱ》らせた。

「言う、言うから！」

「さっさとしゃべればいいんだよ」

にやりと口元に笑みを浮《う》かべるローガンに、ジゼルはぐぬぬとなりながら口を開いた。

「さっき、ローガンは褒《ほ》めてくれたけど……実際私は見たまましか描けないし……でも、女王陛下たちにはなにかが違うって言われちゃって、要望通りが難しくてどうしたらいいのかなって」

自分ではいつもと変わらず見たものを再現しているつもりだが、女王の反応もウェアムの反応もいまいちだった。

「ああ……なるほどな」

「これまでの風景画と同じように描いてるんだけど、肖像画を依頼されて描くのは初めてで、勝手がわからなくて」

描かれた当人たちはどうも不満そうだが、他の人に見せれば鏡に映った本人のようだと褒められる。だからジゼルの中でどう違うのかがわからない。

「宮廷画家《きゅうていがか》なら、技術だけってわけにはいかないってことだ」

「うっ……宮廷画家は仮だけど……でもそう言われると、私、このままでいいのか心配になってきちゃった……」

ジゼルが首を斜《なな》めにして唸《うな》り始《はじ》めると、ローガンの指先がジゼルの唇《くちびる》に触れた。

「元気が出るように、ここにキスしてやろうか？」

「なっ……なんで、急にそうなるのっ！　それも『恋人』のすることなの⁉」

そうだよ、ときれいな顔を近づけられると『恋人』の定義があやふやなジゼルとしてはどうしていいかわからない。

思わずぎゅっと目をつむると、ローガンに勢いよく頬をつままれた。「いひゃい！」と目を開けると、意地悪そうに微笑《ほほえ》むローガンの顔が視界いっぱいに飛び込んでくる。

「設定なんだからこんなところでするかよ。それとも本当にしてほしかったか？」

「〜〜っ！　ローガン！」

「そんなにお望みなら、おねだりしたらほっぺにしてやる」

　笑いながら頬を引っ張られて、ジゼルは「いらないいっ！」とぷりぷり怒《おこ》った。

「でもまあ、女王たちの言ってることもわからないでもないかな」

　ローガンが急に真面目な声音《こわね》で話し始めたので、ジゼルは口を尖《とが》らせつつもしっかり耳を傾《かたむ》ける。

「ジゼルの絵はよく描けているけど、見たまんますぎるんだ」

「きっちり正確に描くのは、私の画家としての信念だけど」

「技術は飛び抜けてるんだけど、なんかこう……あと一歩なんだよ」

「……それって、やっぱり性別が違うからかな。こんなんじゃ巨匠《きょしょう》って認められるなんて夢のまた夢だよね」

　ローガンはため息を吐《つ》くと、しょぼんとしてしまったジゼルのおでこを指先で弾《はじ》く。

「お前ってほんとバカだな。それとお前の才能は別問題だ」

「だけど」

「性別偽ってまでやりたいことをやってるの、俺から見たらかっこいいぞ」

　ジゼルとしては無謀《むぼう》ともいえる賭《か》けだったので、そんな風に言われるとは思ってもみなかった。口の悪いローガンが、初めて本音《ほんね》を話してくれた気がして嬉しくなる。

「……残念なことに、見た目も中身もどうやってもお子様だけどな」

「どうしてそういつも一言余計なのっ！　でも、ありがとう……。ちょっと元気出た」

はにかむと、ローガンの目元がほんの少し緩《ゆる》んだ。

「……ジゼルは、本気で宮廷画家になりたいと思ってるんだろ？」

このまま宮廷画家になれるかもしれないと、たしかに思ったことはあった。

だが、これから先ずっと王妃たちに納得《なっとく》されないままだとしたら……と考えると怖くなる。さらに、問題はそれだけではない。

「いざ私が女だってバレたら、腕を切り落とされるかもしれないんだよね？」

宮廷画家には憧《あこが》れるが、それは描ける腕や命があってこその話だ。

「あー、そう言ったの俺だよな」

「うん、だからやっぱり、まずは人に認めてもらうように絵を描くほうが楽しいし大事！

宮廷画家になれなくても、巨匠って呼ばれるようになる可能性はあるもんね！」

自分自身にそう言い聞かせるように何度もジゼルが頷くと、ローガンはなんともいえない顔になった。

「……ジゼルみたいに、才能があるなら誰でも画家として認められる国になるべきなんだよなぁ……そんなに絵を描くのが好きなのに、このままじゃやるせないだろ？」

──その一言にハッとした。

あまりにもローガンが普通《ふつう》に接してくれているので忘れていたが、そもそもこの国の慣習では男性の職といわれる画家の仕事に、女性が踏み込むなんて前代未聞のことだ。

そんな中、常識に左右されずジゼルの能力を評価してくれている彼の考えは、逆に言えばとても稀有《けう》で平等なものだ。

「……ローガンが私そのものを認めてくれているって、実はすごいことなんだなって今やっと実感した」

「だけどジゼルの本心は、俺だけじゃなくてたくさんの人に画家として認められたいわけだろ？　まあ今、偽称が知られたらとんでもない騒《さわ》ぎだけどな」

「バレたのがローガンじゃなかったら、私は夢を叶《かな》えるどころか、絵を描けていないってことだよね……」

ローガンのおかげで、ジゼルは宮廷でも平和に過ごすことができている。

宮廷画家だ、女王や側室妃からの作成依頼だとてんてこ舞《ま》いになっていたが、よくよく考えれば根本的にあり得ないことが起きていたのだ。

「そうだよ。やっと俺のすごさがわかったか、この能天気《のうてんき》め」

盛大《せいだい》にニヤニヤされて、ジゼルは膨《ふく》れたあとに冷静になった。

──もしかすると、ローガンを誤解していたのかもしれない。

思えば、王宮に来るきっかけとなったファミルー作品の特別公開では、受付で困っていたジゼルに気がついて、真っ先に助けてくれた。それに、ローガンがいなければ、ジゼルはきっとお目当ての絵に近づくことさえできなかった。

しかもジゼルの不正を暴いた時点で衛兵に突き出してもよかったはずなのに、それをせず事情を聞いて納得までしてくれた。

さらに、とっさに相部屋になるように提案もし、ここまでジゼルの秘密を守ってくれている……脅されている前提だけど。

こうして人気のない所にわざわざ連れてきたのも、ジゼルが話しやすくするためだろう。

口は悪くやり方は強引《ごういん》だが、目端《めはし》は利《き》くし筋を通しているところには好感が持てた。

さりげなく助け船を出してくれていたとは思ってもいなかった。そのことに対してお礼を言えていなかったなと気がつくと同時に、ジゼルはローガンの手を握る。

ローガンが「いきなりなんだ？」という顔で見下ろしてくる。

「ありがとう……あの時、出会ったのがローガンでよかったと思ってる」

ジゼルはローガンを真剣《しんけん》に見上げたのち、照れ笑いをした。

——次の瞬間。

「……わあっ、ちょっと！」

突然《とつぜん》ぎゅっと抱きしめられてしまい、苦しくてじたばたもがいた。

「近いし重いし暑苦しいから離れてってば！」

「うるさい黙《だま》れ！　なんかものすっごく腹が立つんだよ！」

　こうなったローガンは、てこでも動かないほど頑固《がんこ》だ。暴れるのは諦め、ジゼルは抱きしめられたままになる。

「……私に怒ってるの？」

「違う。この国の、色々全部だ」

　なんでローガンがそのことに怒るのか疑問に思ったが、聞いても教えてくれなさそうなので黙っておいた。


　週末が近づくにつれ、ジゼルはもうすぐ女王と食事だと不安な顔になった。

　あまりにもどうしようとわめくものだから、ローガンは見かねて抱きかかえるなりベッドに連れていってシーツの上に放り投げた。

　ぎゃんぎゃん騒いでいたが、いつもの要領で脅せば言い返せなくなってムッとし、大きな目で睨《にら》みつけてくる。

　設定をいいように使って頭を撫でてやると、顔を赤くして嫌《いや》そうにしていたものの、すぐに夢の世界へ入ってしまった。

一部始終《いちぶしじゅう》を見ていたローガンは、ため息を一つ落とす。

「……隙《すき》がありすぎ、安心しすぎ。本当に大丈夫かよこいつ」

朝まで起きる気配がないジゼルの様子を確認《かくにん》し、ローガンは窓から外に出た。

王宮内でジゼルの秘密を知っているのはローガンのみだ。

それについてバラさないと約束をしたものの、こんなに疑いなく信用され、無防備な姿をさらされるとは思ってもみなかった。

一瞬心配になったくらいだが、ずっと絵を描くことしか頭になかったのだから、恋愛《れんあい》も異性に対してもトンチンカンなことには納得する。

そうだとわかってくると、今度は素直《すなお》すぎる反応が面白くて、からかいたくて仕方がない。

嫌がる顔が可愛くて、設定を使《つか》い倒《たお》し、つい意地悪をしてしまう……このままでは、色々な意味でまずい。

なのでここ数日、夜中にこっそり部屋から抜《ぬ》け出《だ》しては、犯人に繋《つな》がる人物が出歩いていないかをずっと探《さぐ》っていた。

夜でも見回りの兵たちは城内を巡回《じゅんかい》している。彼らの監視網《かんしもう》に引っかからないように、足音と気配をひそめて歩く。

「そういえば……最近あいつ、姿を見せないな」

城内で仲良くなったふてぶてしい顔をした黒猫は、ローガンの前に現れることが少なくなった。いつも見かける場所の草木が枯《か》れていたので、隠れる場所がなくなって嫌になったのかもしれない。

そんなことを考えていると、闇夜《やみよ》に光る両目が現れる。

「あ……っ！」

突然現れた黒猫としばし見つめ合ったのち、近づこうとしたところでプイっとされた。逃《に》げる様子はないものの、とことこ歩き始めたので、ローガンも流されるまま ついていく。

すると立ち止まって、地面に落ちている『なにか』をガシガシと噛み始めた。

ローガンは黒猫をひょいと抱きかかえ、月明かりに照らしてその口元を見る。

「ん……なんだこれ？」

咥《くわ》えているものを引っ張って奪《うば》うと、食事を取られて機嫌《きげん》を損《そこ》ねたのか、大暴れで猫パンチをし、するりと腕から飛び降りる。

不機嫌《ふきげん》な顔でそっぽを向くと恨《うら》めしそうに一声鳴いて逃げていってしまった。

「なにを咥えて……パン……？　なんで、パンが落ちてるんだ」

怪しく感じてさらに辺りを調べるが、ほかに不審《ふしん》なものは落ちていない。

「こんな所で食事するやつなんていないし……」

落ちていたパンは日持ちするように固めに焼かれているようだが、古いものではない。

ということは、パンを持った人物がこの辺りを通過したということだろう。

「ここは衛兵が滅多《めった》に巡回しないはずだ」

王宮中の衛兵たちの見張りのルートと時間は、頭の中に叩《たた》き込《こ》んである。それらを思い出し、やはりさほど頻繁《ひんぱん》に巡警《じゅんけい》される場所ではないと確信する。

なにかが引っかかる。ローガンは近辺の地図を頭の中に思い描くのだった。


週末。女王との食事会の時間になると、不安な気持ちを抱きながらジゼルは招待されたジェフリーの部屋へ向かった。

（こんなチャンス二度と来ないかもしれないし、女王陛下が本当にラトレル殿下を監禁しているのなら、それにまつわる不審な点がないかを探さなくちゃ……！）

だが意気込みながら到着《とうちゃく》すると、すでに食事が用意されており、女王にとても温かく迎《むか》え入《い》れられてしまった。

（あ、あれ⁉　女王陛下いつもとかなり雰囲気《ふんいき》が違ってる⁉）

なんと女王は、普段の威圧感《いあつかん》を覚えるほどの豪華《ごうか》なドレス姿から一転、飾りっ気のない簡素なワンピース姿だった。ジゼルは驚愕《きょうがく》している内心を悟《さと》られないように、深々とお辞儀《じぎ》をする。

「し、失礼します！」

女王の私室も目に美しい緑色をしていたが、息子の部屋も同じ色で統一されている。内装を褒めると、女王は気楽な様子で微笑んだ。

「ジェフリーが外に出られないからな。自然を感じられるようにしたいと思案《しあん》している時に、シャロンがこの色味をウェアム妃から教わったのだと勧《すす》めてくれた。おかげでわざわざ塗料《とりょう》を国外から取り寄せることになったが、満足だ」

ユーモアを交えながら話すのも珍しい。機嫌のよさそうな女王は「ジェフリーだ」と中央に腰掛《こしか》けた少年を紹介《しょうかい》してくれる。

金色の髪《かみ》に、涼《すず》やかな目元が女王にそっくりだ。しかし、十四歳という年齢《ねんれい》にしては小《こ》柄《がら》で線が細かった。王子だと紹介されなければ、病人と間違われても仕方ないと思えるほど顔色が悪い。

「ジェフリー殿下、本日はお招きくださってありがとうございます」

「来てくれてありがとうございます。私があなたと話をしてみたかったので、とても嬉しいです」

身分でいえば雲泥《うんでい》のジゼルの挨拶《あいさつ》に、素直にぺこりと頭を下げてしまう姿は心臓に悪い。

ラトレルが消息不明の今、王位継承権暫定第一位《おういけいしょうけんざんてい》なのにもかかわらず、あまりにも丁寧《ていねい》な対応にジゼルはしどろもどろになった。

いつもは多くの人々が女王の周囲を動き回っているが、今日はごく少数の給仕《きゅうじ》のみで静かに食事会が始まる。だが、普段とあまりに違う状況に落ち着けない。

「――どうした、ジェラルド」

声をかけられ、ジゼルはフォークに刺《さ》していた肉をポロリとこぼした。

（まずい、挙動不審《きょどうふしん》すぎて疑われた⁉）

「以前私の部室に入った時も、まるで子どものようにはしゃいでおったな」

ジゼルは女王に鋭い目で覗き込まれたことを思い出し、身をカチンコチンに硬《かた》くする。

「責めているのではない。絵画に目のないそなたに、私室の収集品《コレクション》をおかしく思われてはいないかと、内心ひやひやしていたのだ」

（……まさか、私の反応を確認するために覗き込んでいただけなの⁉）

「おそらく、陛下のお部屋に贋作《がんさく》はないと思われます」

鑑定《かんてい》するのはもっと時間が必要だが、特に気になる絵画はなかったと付け加えてから、酒瓶《さかびん》の絵は違和感《いわかん》があったことを思い出す。

（ローガンも気にしていたし、あの絵のことを訊いてみようかな？）

「そなたは素直に感情が顔に出て、見ていて面白いな」

女王が珍しく目元を和《なご》ませたのを見て、ジゼルはなにを訊こうとしていたかも忘れてしまった。

「……ふふ。そんなに今日は、私の姿が珍しいか?」

「す、すみません。ちょっと、びっくりしています」

女王自ら息子を給仕し、かいがいしく世話をしている姿はまさに母親の鑑《かがみ》だ。先日の女王の態度も自分の誤解だったとわかり、正直どう反応していいかわからない。

「今日は、息子に気晴《きば》らししてほしくてな」

女王の瞳が穏《おだ》やかに細められる。視線の先では、顔色の悪いジェフリーが緩慢《かんまん》な動作で柔《やわ》らかそうな肉を咀嚼《そしゃく》していた。

彼の前には、小さく切り分けられてよく煮込《にこ》まれた食べやすい食事が用意されており、横には見たことのない薬が器《うつわ》に盛《も》られている。

色白の両手の一部が、薬の影響《えいきょう》なのか変色しており、病状が芳《かんば》しくないことを示していた。

「ジェフリー、なにかジェラルドに訊いてみたいことはないのか? 話したがっていただろう?」

女王が会話を促すが、気分がすぐれないのかジェフリーはしゃべるのも辛《つら》そうだ。それでも少し考え込んだのち、ゆっくり口を開く。

「あのような素晴《すば》らしい絵は、どうやったら、描けるのでしょうか？」

「ええと……特に意識したことはないんです。自然と手が動く感じがします」

驚いた顔をされたが、ジゼルにとって絵を描くことは息を吸うのと同じようなものだ。

せめて少しでも明るい気持ちになってもらえたらと、制作時の心得《こころえ》や今までの失敗談をジゼルは語った。

ジェフリーはジゼルの話に、楽しそうに笑っている。

（よかった、喜んでくれたみたいで）

ジゼルがホッとしたのと、ジェフリーが喉《のど》を詰《つ》まらせてゴホゴホと咳《せ》き込《こ》むのが同時だった。女王はすぐさま立ち上がり、ゆっくり彼の背をさする。

「具合が悪いようなら無理せず下がって良い」

ジェフリーは悲しそうな表情を浮かべたあと、手に持っていたカトラリーを置いた。

「ジェラルド殿《どの》、私はここで失礼します。お招きしたのに、最後までご一緒できず申し訳ありません」

楽しいお話をありがとうと言われて、彼の優《やさ》しさがジゼルの心に沁《し》みた。具合が悪いのに、相手に感謝を伝えられる謙虚《けんきょ》さは感じ入るものがある。

「とんでもございません。殿下もお大事になさってください」

「またぜひ、素敵なお話を聞かせてください」

立ち上がったジェフリーがふらつく。控《ひか》えていた侍女がすぐに身体《からだ》を支え、彼を奥の間に促した。

「……医師にも、原因がわからないらしいのだ。ああした吐《は》き気《け》や貧血《ひんけつ》が年々酷《ひど》くなる」

小さな声でジゼルに告げたあと、女王が大きなため息を吐《つ》いた。

「国税で高額な医療費《いりょうひ》をまかなわせるのは忍《しの》びなくてな。私財を充《あ》てて闘病《とうびょう》しているが……一向に回復しない」

(ああ、だから女王陛下のお部屋は、談話室よりも慎《つつ》ましやかな印象を受けるんだ……)

言葉を失ったままのジゼルに、女王は悲しそうに肩を落とした。

「本当は、王位継承権などかなぐり捨てて病気の療養《りょうよう》に専念させたい。しかし、高位貴族の世襲《せしゅう》を推《お》している大臣たちと意見が合わなくて退位できずにいる」

苦悩《くのう》が女王の顔に色濃《いろこ》く滲《にじ》んでいる。

「ジェラルド。折り入って頼みがある」

「私にできることなら、なんなりとお申しつけください」

こんな様子の女王は初めてで、ジゼルは素直に力になりたいと思って身を乗り出した。

「あの子の肖像画を描いてやってほしい……おそらく、余命《よめい》いくばくもないだろうから」

女王の純粋《じゅんすい》な息子への愛に、これまでずっと疑っていたことをジゼルは申し訳なく思ってしまった。

「息子がこの世に生きた証《あかし》を、手元に残したいと思っている」

大変な頼みごとを聞いてしまって、ジゼルの全身が緊張《きんちょう》で震《ふる》えた。そんな様子のジゼルに、気負《きお》わなくていいと言いながら女王は小さく微笑む。

(自分の絵に悩んでいる場合じゃない。もっと技術を磨《みが》いて、誰もが納得する素晴らしい絵を描けなきゃダメだ！)

ジゼルは本来の目的である事件の証拠探しをすっかり忘れて、キャンバスと向き合うことを決意した。


食後、早足で執務室へ向かうと、ローガンとカヴァネルがジゼルを待っていた。

「女王とジェフリーの様子はどうだった？」

「いつもと様子が違っていて……っていうか、女王『陛下』とジェフリー『殿下』！」

毎回訂正《ていせい》を入れるのだが、ローガンは一向に敬称《けいしょう》を略すのをやめない。そのうちに罰《ばっ》せられても知らないぞとジゼルは半眼になった。

「ジェフリー殿下は、予想以上に具合が悪そうで……」

彼の余命を考えて肖像画も頼まれたとジゼルが伝えると、二人とも驚きを隠せない様子を見せた。

(でも、正直ジェフリー殿下を看病する女王陛下のお姿からは、とても人を殺しているようには思えなかった……）

しかし女王を疑っているカヴァネルに、説得に欠ける私見を言うことは憚《はばか》られた。

「ローガンは、夜に見回りをしているようですが、なにか進展はありましたか？」

「ああ……実は妙《みょう》な所に、パンが落ちていたんだ」

ローガンは昨晩の出来事を手短に話し、自身のたどり着いた推測を述べる。

「飛躍《ひやく》しすぎかもしれないが、先日チビ助《すけ》が聞いた『ラトレルは監禁されている』は、本当なんじゃないか？」

「どういうことです？」

ジゼルはこの件に関して、カヴァネルには報告を忘れていたと思い出した。

「そうなんです！　女王陛下がラトレル殿下を監禁しているのではないかと、ウェアム妃がおっしゃっていました」

「それを本当だと仮定し、ラトレルは王宮のどこかに監禁されていて、誰かが食事を運ぶ際に落としたものだと考えると辻褄《つじつま》が合う」

ローガンの意見に、カヴァネルは「なるほど」と頷く。

「たしかに、その可能性は捨てきれませんね……ローガン、見回りを強化してください。範囲も広げて」

「わかった」

引き続きなにか情報を得たら共有《きょうゆう》するように言いながら、今度はカヴァネルが紙の束を取り出して卓上《たくじょう》に広げた。

「調べていた不審死の原因です。亡くなった方全員の特徴《とくちょう》を並べてみたら、皆《みな》なにかの中毒症状《ちゅうどくしょうじょう》が疑われるようです。が、医師にも直接的な死因の特定は難しいと」

紙には名前や年齢のほかに、亡くなる直前の症状が事細かに書かれている。痙攣《けいれん》、急に倒れる……という文字も見えた。

「気になるのはウェアム妃に近い人たちが、特にその症状を訴《うった》えていたことです。現在も体調不良に悩む多くの人はウェアム妃陣営《じんえい》……連続不審死となんらかの関係があると見ていいかと思います」

裏を返せば、女王にとって邪魔な人たちに中毒症状が出ているということだ。

「中毒症状を引き起こすなにかを使って、殺害していたってことか？」

おそらくは、とカヴァネルが頷く。

わかりやすいやり方なら、食事に毒物を混入する方法だ。しかし、そうだったとしても、王宮で暮らす全員がほぼ同じものを食べている中で、症状が出たのは一部の人間のみ。そのため、王宮の食事が変調の原因とは断定できない。

――犯人は『なに』を使っていたのか、『どうやって』殺していたのか……。

部屋に沈黙《ちんもく》が流れたところで、ローガンが口を開いた。

「俺は備品の購入履歴《こうにゅうりれき》を確認してくる。女王が怪しいものを手に入れているかもしれない」

カヴァネルは、「それなら……」と購入歴が記録してある書類の保管庫の鍵《かぎ》をローガンに差し出した。

「では、そちらの調べもあなたに任せます。引き続き、お互《たが》いにできることをしましょう」

執務室をあとにすると、行きかう人々が、ローガンとジゼルにちらちらと興味ありげな視線を向けてくる。

ウェアムに言われて初めて知ったことだが、侍女たちに恋人だと噂されている真っ只中《まただなか》だ。二人で並んで歩いていれば、醜聞《しゅうぶん》が大好きな彼女たちにとって興味深い光景に決まっている。

注目を集めたくないのに！　とジゼルが目を泳がせるのと、ローガンがジゼルの肩を抱き寄せるのは同時だった。

「ちょっ……！」

「きょろきょろすんな。俺だけ見てろ」

あからさまに『恋人』らしくしているほうがいいと、耳元で小声で囁《ささや》かれる。

顔を真っ赤にしていると、ローガンの言う通り、恋人同士が仲睦《なかむつ》まじく身を寄せ合う姿に思われたようだ。衛兵も侍女も、くっついている二人を視界に入れるなり、気を遣《つか》っているのか目を逸《そ》らして距離《きょり》を取っていく。

（えええっ、なんか、ものすごく複雑なんだけど……！）

「話があるから、このまま作業部屋に行くぞ」

肩を寄せ合いながら、ローガンはジゼルと一緒に歩いた。

室内に入って誰もいないのを確認するなり、ジゼルはローガンから素早く離れる。あまりにも恥ずかしすぎて耐《た》えられなくなり、顔中が火照《ほて》っていた。

「……で、本当のところ、女王の様子はジゼルにはどう映ったんだ？」

抗議《こうぎ》するより先に、気にしていたことをローガンに指摘《してき》される。相変わらず人の表情をよく見ているようだ。すっと肩の力が抜《ぬ》け、ジゼルは素直に思ったことを口にした。

「女王陛下は、心からジェフリー殿下を愛していると思う。前に私室に入った時のことも、警戒《けいかい》していたんじゃなくて、贋作があったら嫌《いや》だと気にしていらしただけみたい。だから……私には女王陛下が人殺しには見えなくて」

「……そうか……」

ローガンはジゼルの言葉を肯定《こうてい》するでも否定するでもなく、考えるように視線を逸らす。

「あんまり捜査《そうさ》の役に立てなくてごめんね。でも、今まで通りちゃんと証拠がないか、しっかり探るし描くから安心して！」

「それはもちろんお前にしかできないから」

「……？　ローガン、大丈夫？」

珍しく黙って考え込んでしまったローガンをジゼルは下から覗き込む。すると、ローガンは不機嫌そうに眉根《まゆね》を寄せた。

「はぁ……お前みたいな鈍感《どんかん》に心配されるとか、世も末だな」

「な、なんて失礼なっ……二度と心配なんてしない！　ローガンのバカ！」

胸に誓《ちか》いながら怒っていると、ローガンが一歩ジゼルに近づいた。

「あのなぁ……どっちの立場が上か、思い知らせてやろうか？」

怒っているのにもかかわらず、ローガンはジゼルを作業部屋の壁に追い詰めてくる。そのまま囲い込むように両手を壁につけた。

「〜〜っっっな、なにっ‼」

背が高いだけに、ジゼルはローガンの囲いの中にすっぽりと隠れてしまう。近すぎる距離に、ジゼルの心臓がどうしようもなく暴れだした。間近に迫《せま》った美しい顔に耐えられず、ぎゅっと目をつぶる。

「……なにを期待してんだよ。お子様は余計なこと考えてないで、とっとと仕事しろ」

耳元で嫌味《いやみ》を囁くと、ローガンは不遜《ふそん》に微笑んでさっさと部屋を出て行ってしまった。

「なっ……なんなの、あの態度！　人がせっかく心配しているのにっ！」

ジゼルは真っ赤になったまま、力が抜けたようにへなへなとその場に座り込むのだった。


ジゼルを作業部屋に残して、ローガンは足早に保管庫に向かった。

自分を心配する人間がまさか王宮内で現れるとは思っておらず、あやうく手を出してしまうところだった。上背のある自分ならば、小柄なジゼルを簡単に囲い込めてしまう。気をつけなくては、反応が楽しくてまたやってしまいかねない。

だが、人前で『恋人』設定をすると、ジゼルが途端《とたん》に可愛い表情になるのでつい見たくなってしまう。よほど近づかない限りそうそう女だとバレることはないとはいえ、今後からかう場所は選ぶべきだなと少し反省した。

保管庫に到着し、めいっぱい書類が詰まっている棚に近づくと、ローガンは手際《てぎわ》よく女王の備品の購入記録書を取り出して調査を始める。

(女王は人殺しには見えなかった、か……)

ジゼルが言っていたことを頭の隅《すみ》に置きながら、ローガンは資料をぺらぺらめくった。

所々にメモが貼《は》られており詳細が書かれている。しかし、怪しいものを買い求めている様子はない。

「思い過ごしか。でも、なにもなく人を殺せるわけがないんだよな……」

　改めて確認すると、即位後に部屋の内装を変えたくらいで、ほかに目につくようなものは入手していない。

　女王が定期的に購入している品といえば、必要不可欠な消耗品《しょうもうひん》やジェフリーのためのものが多く、自分のそれはないに等しい。

「息子のために、贅沢《ぜいたく》はしないってことか。ちなみにウェアムはどんな感じなんだ？」

　ついでにウェアムの資料を手繰《たぐ》り寄《よ》せて目を通すと、香水や舶来《はくらい》の酒をボラボラ商会からずいぶん購入している。

　たしかにボラボラ商会は輸入品目の取《と》り扱《あつか》いが多く、ウェアムは珍しいもの好きだということは皆が知る事実だ。

「ジゼルの絵には窓辺に植物が描いてあったし、園芸も趣味か。肥料や苗木《なえぎ》に虫除《むしよ》けの薬剤《やくざい》……」

　リストを確認しながら、脳内でジゼルの絵と照らし合わせていく。

「香水を入れ替える瓶や器具まで……あの珍しい形をしていた瓶の中味は、もしかして酒……？　王宮内でボラボラと渡りをつけていたのは、ウェアムのほうか？」

　贋作の一件でもわかるが、ボラボラの商品は粗悪品《そあくひん》が多い。

　なのにウェアムが嗜好品《しこうひん》をどんどん購入するからつけあがって、宮中の用達《ようたし》になろうと女王にも取り入る算段《さんだん》をしているのが透《す》けて見えてきた。

気に食わないと思いながらも、ローガンは私情を挟まぬよう冷静に詮索していく。特にボラボラ商会から調達しているものは、片《かた》っ端《ぱし》から頭の中に叩き込んだ。

二人の王妃の備品記録を見終えると、ローガンは未《いま》だに釈然《しゃくぜん》としない酒瓶の絵を思い出し、うーんと唸る。

(購入したわけでもないし、贈り物だったとしても、あの絵は趣味が悪すぎるんだよな……)

「……誰から貰ったのか、そっちのほうも調べてみるか」

すぐに献上品《けんじょうひん》をまとめた書類を取り出し、一覧をくまなく確認する。ようやく絵の出《で》所《どころ》を探し当て、がっくりと肩を落とした。

「はぁ……？　他国からじゃなくて、ボラボラからの献上品だったのかよ。そりゃ、お粗《そ》末《まつ》なわけだ。絵画に造詣《ぞうけい》の深い女王がさすがにあの出来栄《できば》えを愛《め》でて飾るとは思えないが……いや、逆に言えば、飾っておかなければならない理由があるのか？」

どうしても掛《か》けないとダメな事情を考えてみるが、皆目見当《かいもく》もつかない。悩んでいても答えがわかるわけではないので、ローガンはぽんと膝《ひざ》を叩いて立ち上がった。

「ひとまず、ウェアムが手に入れていた、珍しい形の瓶の中身がなんなのか……恋の薬とやらと一緒にほかの貿易商を当たって調べてみるか」

捜査の役に立てていないとしょげていたジゼルを思い出す。

（……絵を元にわかったことがあると知ったら、ジゼルの気も晴れるかもしれないな）

うまく利用してやろうと脅して巻き込んでおきながら、ジゼルの働きを無駄《むだ》にしたくないと思い始めている自分にローガンは苦笑いをこぼした。

第四章 事件は思わぬ方向へ……

——ジゼルが女王周辺を調べられる期限は、あと残り二カ月半になっていた。

やっと先日女王の気に入った構図が決まり、急いで下絵をすませ、色を入れ始めたところである。

しかし、完璧《かんぺき》に仕上げなければと思えば思うほど納得《なっとく》できず、絵の具を落とすオイルを使って、描《か》いては消してと繰《く》り返《かえ》している状態だ。

(このままじゃ期待に応《こた》えられない……ちょっと、休憩《きゅうけい》しよう……)

ジゼルが作業部屋から出て散歩を始めると、遠くにローガンが歩いていくのが見えた。

「さては、どこかに昼寝《ひるね》をしにいくのね⁉」

カヴァネルに言われるまで、ローガンが夜に部屋を抜《ぬ》け出《だ》していることにジゼルはまったく気づいていなかった。

夜は自分のほうが先に寝《ね》てしまうし、朝はローガンのほうが早く起きている。しかし言われてから思い出してみると、枕《まくら》の防波堤《ぼうはてい》がそのままの日も多かったように思う。

今もローガンは夜に見回りを続けているので広い寝床《ねどこ》を独《ひと》り占《じ》めでき、窮屈《きゅうくつ》な抱《だ》き枕《まくら》にされないので嬉《うれ》しい。が、しかしローガンは一体いつどこで寝ているのだろう。

ちょうどいいと彼の動向を探《さぐ》ろうとこっそりあとをつけ始めたところで、ローガンは外《そと》回廊《かいろう》の先を曲がってしまう。慌《あわ》てて走って追うと、曲がった先で待ち構えられていて、ジゼルは羽交《はが》い絞《じ》めにされてしまった。

「なんだ、ずいぶん下手《へた》くそな尾行《びこう》だと思ったら、お前か」

見上げると、上から覗《のぞ》き込んでくるローガンと目が合った。

「どこかで寝てるのかなって思ってついてきちゃった。脅《おど》かすつもりじゃなかったんだ」

「そんなに俺と一緒《いっしょ》に寝たいのか？」

「そ、そうじゃないけど！　最近寝てないでしょ？　さすがに気になるよ。体調とか崩《くず》していない？」

ローガンが虚《きょ》を衝《つ》かれたように目をしばたたかせた。

「心配するなって言ったよな？　どうでもいいだろ、俺のことは」

「良くないっ！　どうしてローガンって、そうやって自分のことは後回しにするの⁉」

「それを言うなら、お前こそまだぐだぐだ悩《なや》んでるだろ？」

うまく話をすり替《か》えられたことにも気づかず、言われたことが図星でジゼルはドキッとしてしまった。

「どうせ、絵が思うように描けないとかだろ？」

「へっ⁉ なんで知ってるの？」

ローガンはジゼルの手を握《にぎ》る。パレットを持つ親指の付け根にできた赤い痕《あと》を撫《な》でて、筆を持ちすぎてタコになっている指先に唇《くちびる》を押し当ててくる。

「ちょっ……だ、誰《だれ》かに見られたらどうするの……っ⁉」

「これは虫除《むしょ》けだ」

真っ赤になって面食らっているジゼルの耳に、近くから衛兵たちの笑い声が届く。

今のを見られたかと思い、カチンと身体《からだ》を固まらせてしまったジゼルを引っ張って、ローガンはくすくす笑いながら移動する。

「待って待って！　どこ行くの？　っていうか今のなに⁉」

「黙《だま》ってついてこいよ」

ジゼルの疑問は軽く無視され、ローガンはジゼルを初めて向かう長廊下《ロングギャラリー》へ連れていく。

そこには、歴代の王や王妃《おうひ》の肖像画《しょうぞうが》が壁《かべ》一面に並べられていた。

先ほどのことなど頭からすっ飛んで、ジゼルはすぐさま表情を明るくする。

「すごいね、こんなにたくさん肖像画が飾《かざ》ってあるなんて知らなかった‼」

「圧巻《あっかん》だけど、夜に来ると怖《こわ》いぞ」

たしかに夜に一人で来るのは嫌《いや》だと思いつつ、かつての宮廷《きゅうてい》画家《がか》が描《えが》いたものだとくればジゼルの画家魂《がかだましい》が疼《うず》き、そのままじっくり見入ってしまう。

「……あれ、この絵って先の王様？」

ジゼルは一枚の絵に近寄ってつぶさに絵の鑑賞《かんしょう》を始める。

「大広間の絵と全然印象が違《ちが》うんだね。こっちの肖像画のほうがのんびりそうに見える」

「実物はこんなもんだ。争いも少ない国だから、のんきな性格だ……ったらしい」

「へぇ。じゃあ、ご容貌《ようぼう》はこちらの絵に近かったんだ。広間のほうは威厳《いげん》たっぷりに見えたけど」

「大広間のは王家の宮廷画家が描いたやつで、こっちは王族にゆかりのある画家が描いたものだ」

ローガンの説明に、ジゼルは首をかしげた。

「肖像画って、描かれた人の真実が伝わらなくちゃいけないと思うんだけど……」

「歴代の王の肖像画だぞ。伝えるのは真実じゃなくてもいい。『なに』を鑑賞者に伝えるかだろ？」

ジゼルは納得して「なるほど！」と手を打った。

「広間のほうの先王様は、『威厳たっぷり』に見えるように描いてほしかったんだね」

「そうそう。だから今のジゼルの役割は、見たまんまを技術的にうまく描くだけじゃないってことだ」

言われたことがいまいちピンとこなくて首をかしげると、ローガンは「わかってないならいい」と呆《あき》れたようにジゼルのおでこを指で弾《はじ》いた。

絵画にとって大事なのは『なに』を伝えるかということと、イメージの異なる先王の肖像画。

もう少しでなにかが摑《つか》めそうで摑めず、ジゼルは「人」を描く練習をしようと目に入った女王の侍女頭《じじょがしら》をさらさらと描いてみた。

するとそれがきっかけとなって、自分にも絵を描いてほしいと侍女たちが取り巻いてきたのだ。悩んでいるジゼルとしても、皆《みな》の意見を聞いてみたいと軽く請《う》け負《お》った。

描いている間は世間話に花を咲《さ》かせるのだが、侍女たちの噂話《うわさばなし》や情報量は膨大《ぼうだい》だ。おかげでジゼルは王宮内の派閥《はばつ》や噂話を一気に仕入れてしまった。

話題に乗っかる形で、ジゼルはローガンのことも訊《き》いてみる。

なぜ王宮の人々は、やたらとローガンと目を合わせないようにしているのか……。はなはだ疑問だったが、理由を聞いて納得した。

カヴァネルがローガンを王宮に連れてきた当初、平民にもかかわらずいきなり宰相《さいしょう》の従者に取り立てられたことで不満を持つ者も多かったのだという。

そこで、彼の腕《うで》が立つのかと疑問に思った騎士《きし》たちが、からかい半分で喧嘩《けんか》を吹《ふ》っかけた。多勢《たぜい》に無勢《ぶぜい》だったのに、見事騎士たちを打ち負かし……それ以来ローガンに絡《から》む者はいなくなったという。

後日、ローガンも大人げなかったと非を認めて罰《ばつ》を受けた。その姿勢が騎士団長に気に入られて、調練に呼ばれるようになったのだとか。

そして侍女たちは皆口をそろえて「見た目は良《い》いんだけどねぇ」と困った顔をする。

顔の造作《ぞうさく》は王族にも引けを取らない美形だ。おかげで求婚者《きゅうこんしゃ》が後《あと》を絶《た》たない人気ぶりだったというのだが、美しい見た目からは想像もできない無作法《ぶさほう》と毒舌《どくぜつ》に、抱いていた幻想《げんそう》を打《う》ち砕《くだ》かれる女性が続出したそうだ。そんなわけで、特にローガンは女性に嫌われている。

彼の尊大な態度と物言いは別として、宰相のカヴァネルに信頼《しんらい》され、騎士団長から一目《いちもく》置《お》かれていることもあり、仕事はできるらしいというのは周知の事実のようだ。

(なるほどね。だからみんな、ローガンと目を合わせないようにしてたんだ)

だけど、ジゼルはローガンが傲岸不遜《ごうがんふそん》なだけではないことを知っている。やっぱり、彼は誤解を受けやすいようだ。

今はジゼルと恋仲《こいなか》と聞いて、そもそも女性に興味がないからあの態度だったのかと侍女たちにニコニコと迫《せま》られ……これ以上はボロが出る、とジゼルは曖昧《あいまい》に口を濁《にご》して席を立つ。するとと会話に参加せず黙々《もくもく》と作業をする侍女の後ろ姿が目に留《と》まった。

「――シャロン！」

ジゼルが近寄って声をかけると、シャロンは振《ふ》り向《む》いて微笑《ほほえ》む。

「シャロンにも、なにか描いてあげるよ」

ジゼルの提案にしばらく考えてから、シャロンは首を横に振った。

「遠慮《えんりょ》しないでほしい。いつも私の世話をしてくれるお礼がしたいんだ」

ジゼルが一生懸命《いっしょうけんめい》伝えると、シャロンは迷うように瞳《ひとみ》を揺《ゆ》らした。

「……なんでも言って」

シャロンはようやくコクリと頷《うなず》いてくれた。ジゼルはホッとした笑《え》みを浮《う》かべ、それじゃあ早速《さっそく》、とシャロンと隅《すみ》の席に移動する。

「どんな絵が観《み》たい？　植物や生き物は好き？」

シャロンは散々ためらったあとにジゼルの腕にそっと触《ふ》れ、そのまま手のひらに文字を書き始めた。

「〈父さんに、絵をあげたいです……なんでもかまいません。母を失《な》くして今ひとり暮らしの父が喜ぶものを……〉」

ジゼルは破顔《はがん》した。彼女の手をそっと握りしめて、緑色の瞳を覗き込む。

「だったら、シャロンの肖像画をプレゼントしてあげよう。絶対喜んでくれるはずだ」

ジゼルが悪戯《いたずら》っぽくウインクすると、シャロンは嬉しそうに顔をほころばせた。

約束をしたシャロンの絵は、休憩時間に作業部屋で描くことになった。

小さいがしっかりとした作りのキャンバスを用意して、ジゼルはあっという間に下絵をすませてしまった。

（お父さんが貰《もら》って喜ぶ絵を……私が見た中で一番素敵《すてき》なシャロンの笑顔《えがお》を描こう！）

女王依頼《いらい》の肖像画とは違って、自分の思ったままに描けるからか、絵には数日で色が入り、本物と見まがうほどのシャロンがキャンバス上に再現される。

作品が仕上がっていく様子をシャロンはとても嬉しそうにしてくれ、ジゼルも作業部屋で彼女と筆談で会話をするのが楽しみになっていた。

「そういえば、シャロンは誰から読み書きを教わったんだ？」

ずっと思っていたことだが、発言として紙の上に紡《つむ》がれるシャロンの文字は、驚くほど流麗《りゅうれい》だ。貴族しか使わないようなしゃれた言い回しも見られる。

〈私に読み書きを教えてくれたのは、ラトレル殿下《でんか》です〉

「え!?　ラトレル殿下？　そうか、シャロンは元王子付きの侍女……読み書きを教わるなんて、かなり仲が良かったんだな」

だがシャロンを見ると、彼女は見たこともないような複雑な表情をしている。

「ラトレル殿下ってその……今どうされているのか知ってる？」

ラトレルが行方不明《ゆくえふめい》になったあとに、シャロンは女王付きの侍女になったと聞いている。知っていることがあるのではないかとジゼルは慎重《しんちょう》に訊いてみた。

〈お話しできることはありません〉

ラトレルの件については、箝口令《かんこうれい》が敷《し》かれていたと思い出してジゼルは慌《あわ》てた。

「あ、そうだよね！　いきなり変なこと訊いてごめん」

彼女がきゅっと口元を引き結んだのを見て、ジゼルは探りを入れることに失敗したかと息をつく。

〈申し訳ありません〉

ラトレルの話が出てからのシャロンは、明らかに様子がおかしい。もしかしたら、なにか言いにくいことを胸の内に抱《かか》えているのかもしれない。

「……無理にとは言わないけれど、困ったことがあれば相談してもらえたら嬉しい」

ジゼルはシャロンに優《やさ》しく声をかけた。

（話しやすいようにしたら、本当の気持ちを聞かせてくれるかな？）

たとえば、言いにくいことを自分が先に打ち明ける……とか。

一《いち》か八《ばち》かの賭《か》けかもしれないが、相手の心を開くには、まずは自分が相手に信用されるべきだ。こうなったら、やってみるしかない。

「……あのね、言いにくいことがある気持ち、すごくわかるよ。誰にも言えない秘密を抱えているってつらいから。だからこそ、私の秘密をシャロンに聞いてほしい」

いきなり真剣《しんけん》な顔を向けたジゼルに、シャロンは困惑《こんわく》したようだ。ジゼルは彼女に勇気を出してほしくて、自らも勇気を出す。

「実は、私は女性なんだ……髪《かみ》を切って男装して名前を変えてる。本名はジゼル。ジゼル・バークリー」

シャロンは驚《おどろ》き、そして緑色の目を真ん丸に見開いた。

「どうしても画家になりたくて……性別を偽《いつわ》って絵を描いている。まさか、女王陛下《へいか》から依頼を受けることになるなんて思ってもみなかったから。正体がバレたら腕を切り落とされるかもしれない……でも、それでも絵を描きたい。だから今ここにいるの。これが私の絶対に知られてはいけない秘密」

一気に言ってからジゼルが微笑むと、シャロンは大きく息を吐《は》いた。

「シャロンには、本当の私を知ってもらって、その上で友達になってほしい。それでもしも胸の中に苦しいことがあるなら、私に吐き出してほしい」

ジゼルの嘘偽《うそいつわ》りのない告白に、シャロンは意を決したように頷き、紙に文字をすらすらと書き始める。

〈ラトレル殿下は、地下の部屋に閉じ込められています〉

「えっ……!?」

〈私がお世話をしているのです〉

ローガンの勘《かん》は的中したのだ。まさかこんな話を聞くとは思っておらず、ジゼルは誰もいないのをもう一度確かめるように部屋の中を見回した。

「誰に言われてお世話を……女王陛下？」

〈わからないのです。指示が書かれた、差出人不明の手紙が私に届くのです……〉

女王だったら、手紙を使わず彼女に直接命を出せるはずだ。逆に言えば、自分が犯人だと疑われないために、手紙でカモフラージュをしているとも考えられる。

（でも、ジェフリー殿下の件に加え、陛下はただでさえお忙《いそが》しいはずなのに……そんな面《めん》倒《どう》なことするかな？）

その手紙を見せてもらえないかとシャロンに頼《たの》んでみる。シャロンは少し黙考したあと、部屋に置いておけないため、持ち歩いていたという直近のそれを取り出してジゼルに見せてくれた。

聞けば、ラトレルが消息を絶ってからすぐ、シャロンの元にこの差出人不明の手紙が届けられたという。それが始まりとなり、指示通りにしなければラトレルの命も自分の命も無いと脅《おど》されるようになった。

この二年の間、とんでもない秘密を抱え込むことになったシャロンの気持ちは、彼女の切ない横顔から痛いくらいにひしひしと伝わってくる。

「……つらかったよね。勇気を出して話してくれてありがとう」

彼女が落ち着くのを待って、ジゼルは口を開いた。

「ラトレル殿下を助け出さなくちゃ……彼がいる場所を教えてくれない？」

だが返答をためらうように、シャロンは瞬《まばた》きを繰り返す。ジゼルを信用して話したとはいえ、命を狙《ねら》われるような秘密を打ち明けてしまったと後悔《こうかい》しているようだ。

〈そちらにも累《るい》が及《およ》ぶかもしれません。どうか、話したことはご内密に……誰かに見られぬよう今使ったこの紙は、私が処分しておきます〉

不安そうなシャロンの顔が、ジゼルの頭にこびりついて離《はな》れなかった。

「監禁《かんきん》されている場所を聞き出そうとしたんですが、私が危険かもしれないからと教えてくれませんでした」

その日の夜、執務室《しつむしつ》で行われた報告会で思案するジゼルに、ローガンがひらめいたように口を開いた。

「『地下の部屋』ということは、『牢《ろう》』ではないということじゃないか？」

「なるほど。シャロンが『牢』という印象を持たなかったということですね」

カヴァネルは部屋の隅から城の見取り図を持ってくると、机の上に広げてみせる。年季の入った紙面には、所々にいくつもの印がつけられていた。

なんだろうとジゼルが覗き込むと、卓上《たくじょう》に広げた紙の四隅《よすみ》に重石《おもし》を置きながらローガンが口を開く。

「王族用の地下室が城内にいくつかある。有事のさいに隠《かく》れるためのものや、不祥事《ふしょうじ》など起こした時に裁判まで押し込まれる部屋だ」

なるほど、と頷いているとカヴァネルが腕組《うでぐ》みしながら図面を眺《なが》めた。

「これらの場所は、限られた人……王族くらいしか存在を知らないはずです」

ローガンは迷いなく図の一点を指し示す。

「長期的に閉じ込めておける設備と広さがある場所といえば……ここが有力だ。俺がパンを拾った現場からもそう遠くない」

そこは、離れの宮殿脇《きゅうでんわき》に建てられた、小さな休憩所《ガゼボ》だ。

「ラトレル殿下を救出する方法はあとで考え、まずはここにいるかどうか、そもそも本当に生存しているのかを確かめましょう」

「衛兵たちの巡回《じゅんかい》がない時間に様子を見てくる」

「ジェラルド殿《どの》も一緒に……念のため殿下のご様子を知りたいので、描写《びょうしゃ》をお願いしたいです」

わかりましたと首肯したところで、ローガンが忘れていた、と声を出した。

「そういえば、ボラボラ商会と繋《つな》がっていたのはウェアムのほうだ。確認《かくにん》したが、珍《めずら》しい形の瓶《びん》に入った酒類や飲み物をボラボラから大量に仕入れていた」

「ウェアム妃《ひ》でしたか……それであの業者は、王宮に顔が利《き》くようになったわけですね」

「チビ助《すけ》が描いたウェアムの私室の絵が役に立った。礼ならそいつに言ってくれ」

突然《とつぜん》話を振られ、カヴァネルに労《ねぎら》われたジゼルは顔を真っ赤にする。それを見てローガンはふと口元を緩《ゆる》めるのだった。

執務室から部屋に戻《もど》ると、ジゼルはシャロンの証言と、指示の書かれた差出人不明の手紙の文面と文字を描《えが》き出《だ》して再現した。ローガンは内容を確認しながら、考え込む。

「女王陛下が犯人だったとして、手紙とかそんな回りくどいことするかな……？」

ジゼルの問いに、ローガンは眉をひそめた。

「どうだろうな……。ひとまず、手がかりを一つ一つ見つけるしかない」

明言《めいげん》を避《さ》けたローガンの一言は、女王が犯人ではないと思いたいジゼルを肯定《こうてい》してくれているかのように聞こえた。


それから数日後、見回りのいない時間を狙ってジゼルとローガンは地下室があると思《おぼ》しき休憩所《ガゼボ》へ向かった。

この建屋《たてや》の一体どこに地下室があるのだろうと首をかしげていると、ローガンがしゃがみ込んで床《ゆか》を数カ所叩《たた》く。

音の反響《はんきょう》がほかと違う箇所《かしょ》があり、敷いてあった石板の隙間《すきま》に手をかけると、するっと難なく横にずらすことができた。

動かした置き石の下から今度は木製の蓋《ふた》が現れる。畳《たた》まれていた取っ手を押すと、蓋が内側に開き地下へと続く階段が現れた。

ローガンのあまりの手際《てぎわ》の良さに、ジゼルは舌を巻いてしまった。

「呼んだら、あとからついてこい。暗いから足元に気をつけろ」

ローガンが階段の中へ姿を消した。しばらく待っていると「いいぞ」と聞こえてくる。

恐《おそ》る恐《おそ》る、ローガンが入っていったあとを追ってジゼルも階段を下りた。やっと地面に足がつくと、湿《しめ》っぽい空気がまとわりついてくる。

暗いのも相まって恐ろしくなったところで、そんなジゼルの胸の内に気づいたローガンが、手をぎゅっと握りしめてくれた。暗がりに目が慣れてくると、ぼんやりと部屋全体が見えてくる。

「……誰も、いない？　ここじゃなかったのかな？」

ジゼルがきょろきょろすると、ローガンの指先がジゼルの唇に当てられた。思わず口をつぐみ、一緒になって耳をそばだてる。

——とつじょ眩《まぶ》しい光が点灯した。

目を細めてそちらを見ると、ランプを手にした人物が部屋の奥からこちらを不思議そうに見ていた。長い髪の小柄《こがら》なその人は、珍しいものを発見したかのように近づいてくる。

地下に広がる岩をくりぬいた空洞《くうどう》が、きれいな部屋になっていた。

しかし部屋の手前には、王族用の部屋としては似つかわしくない鉄の柵《さく》がある。おそらくそれは、人を閉じ込めるために設置されたものに違いない。

「あなた方は——？」

「……あなたが、ラトレル殿下ですね？」

金髪《きんぱつ》の人物はジゼルの声が届いた瞬間《しゅんかん》、怪訝《けげん》そうに眉《まゆ》を寄せた。

青年は珍しい緑色の瞳に金糸《きんし》のような髪の毛、きりりと澄《す》んだ声色《こわいろ》を持つ。中性的な印象を与《あた》える容姿は、シャロンにどことなく雰囲気《ふんいき》が似ていた。

「私は画家のジェラルド・シャロン・リューグナーといいます。彼は宰相の側近をしている、ローガン・ラズウェル」

「えっ……？」

ジゼルが自分とローガンの紹介《しょうかい》を終えると、ラトレルはぎょっとした顔をしたのち、困惑したような瞳を向けてきた。

「ラトレル。誰に閉じ込められた？」

ローガンの質問に、ラトレルは口を引き結んでしまった。

「安心してくださいラトレル殿下、私たちは助けにきたんです。殿下は現在、行方不明ということになっています」

「助けに……そうですか……」

解放しにきたことを喜んでくれるかと思いきや、彼の返事はあまりにも素っ気《そつけ》ない。

「ここまで来てくれたのは嬉しいです。誰かの指示ですか？」

ジゼルを見つめて表情を少し和《やわ》らげる姿は、緊張《きんちょう》を隠しているようにも感じられた。

「いえ、私たちの独断です。今ここからお出しします！」

ジゼルは鉄柵《てっさく》に近寄って扉を引っ張るが、ちっとも動かない。留《と》めている錠《じょう》を見ると、複雑な構造のようには思えないが、かといって力で外れるものでもなさそうだ。

「どこかに鍵《かぎ》があるってことか……？」

ローガンが呟く横で、ジゼルはどうにか外せないかと錠をガチャガチャ動かす。必死になっているジゼルを、柵の中から伸《の》びてきたラトレルの手が止めた。

「どうか、そのままにしておいてください」

「なぜですか、だってせっかくシャロンが……」

思わず出てしまった名前にジゼルが慌てて口を閉じると、ぱっとラトレルが顔を上げた。

「あなたは、彼女を知っているんですか？」

「殿下と仲が良かったと、本人が教えてくれたんです」

「そうでしたか。……──話はそれだけですか？」

ラトレルの口調は、まるで迷惑《めいわく》だと言わんばかりだ。

「あなたたちがここに来たのは黙っておきます。早く帰ったほうがいい」

あからさまな警告に、ジゼルは「どうして」と出かかっていた言葉を呑《の》み込《こ》んだ。

「誰かに脅されてここから出られない？　……なにか弱みでも握られているのか？」

ローガンの質問に、ラトレルは眉をぴくりと動かした。

「言えないってことは、図星か」

ジゼルが固唾《かたず》を呑《の》んで見守っていると、ラトレルは二人が下りてきた階段を指し示し、早く立ち去るように促《うなが》す。

「お願いだから、早く帰ってください」

「……殿下は、ここから出ないおつもりですか⁉」

「あなた方にまで危険が及《およ》びます！」

鋭い声にジゼルが驚いて肩《かた》を震《ふる》わせると、ローガンに腕を摑まれた。

「ひとまず引くぞ」

これ以上話しても無意味だと思ったのか、ローガンはジゼルを引っ張ってその場を去る。

隠し扉を元通りに直し、執務室でカヴァネルが帰ってくるのを待つことにした。

ジゼルは悶々《もんもん》としたまま、口をつぐんでローガンの横に座っていた。納得できないでいるのが伝わったのか、ローガンも釈然《しゃくぜん》としない表情でジゼルを見下ろす。

「なんらかの理由があるんだろ。無理になにかをすれば、俺たちもヤバいから追い出されたわけで……生存と場所が確認できたのだから、ひとまずこれでいい」

それでもジゼルがモヤモヤをぬぐえずにいると、ようやくカヴァネルが戻ってきた。

「二人ともお疲《つか》れさまです……どうでしたか?」

地下室の場所は当たりだったと伝えると、カヴァネルは大手柄《おおてがら》ですねと驚きつつ喜ぶ。

「だけどな、本人はあそこから出る気はないそうだ。大方脅されてるんだろう。誰に閉じ込められたのかも答えなかったしな」

「なるほど。ラトレル殿下は内向的な性格だったとはいえ、それが地下に留《とど》まりたいという理由にはなりませんしね」

ローガンとカヴァネルに重ねるようにジゼルも自分の見解を語る。

「要《い》らぬお節介《せっかい》とでも言いたげな顔をしてらっしゃいましたし、私たちにまで危険が及ぶと忠告してくれました」

カヴァネルは二人の報告に一瞬眉根《いっしゅんまゆね》を寄せてから、ふうと息を吐き出した。

「犯人の狙いは、ラトレル殿下を殺したいわけではない……閉じ込めておくべき理由があるということなのかもしれませんね」

「シャロンなら、その理由を知っているんじゃないか？」

ローガンに話を振られて、ジゼルはたしかにと頷く。カヴァネルが同時に口を開いた。

「指示を出している人物が誰かはわからないですが、世話をしている彼女なら、殿下が閉じこもっている理由を聞いているかもしれませんね」

「私が訊いてみます。それからあとで絵に描き起こすので、あのお方が本当にラトレル殿下か確認もお願いします」

ジゼルが言うと、横からローガンが「ラトレルで間違《まちが》いないぞ」と告げる。

「え？　ローガンって殿下と面識あったんだ⁉」

「行く前に肖像画を見て顔を覚えておいた」

そうだったんだと納得しかけたが、その後すぐジゼルはローガンの服の裾《すそ》を引っ張った。

「そういえば、ラトレル殿下を目の前で呼び捨てにしてたよね？　さすがにまずいよ！」

「いいんだよ俺は」

「絶対良くない！　いい加減態度を改めないと、いつか不敬罪《ふけいざい》で投獄《とうごく》されるよ！」

「余計なお世話だ！　生意気なこと言えないようにするぞ！」

ムッと眉根を寄せたローガンは、ジゼルの頬《ほお》を両手で押しつぶす。心配しているのに！とモゴモゴしながらジゼルが憤《いきどお》っていると、こほん、と小さな咳払《せきばら》いが聞こえた。

カヴァネルの生温《なまあたた》かい眼差《まなざ》しと笑顔が見える。

ピタッと動きを止めたジゼルの頬を痛いくらいにつねってから、ローガンは不機嫌《ふきげん》そうな顔で離れたのだった。


昼過ぎに作業部屋でシャロンと二人きりになると、ジゼルはラトレルの話を持ちかけた。

シャロンは驚いた顔をしたあとに、ジゼルが渡したデッサン用の紙に文字を書く。

〈危険な目には遭《あ》われませんでしたか？〉

「大丈夫《だいじょうぶ》。ところでラトレル殿下は地下から出たくない様子だったのだけど……理由を知らないかな？」

〈私にもわかりません……殿下とは余計な話をしないよう指示されています。おそらくそれで、私が世話役に選ばれたのだと思います〉

ジゼルは「そうだよね」と唸《うな》った。〈すみません〉とシャロンが文字で謝ってきて、ジゼルは首を横に振る。

「そうだ……そういえば、シャロンはどうして殿下から読み書きを教わることになったの？」

〈文字が読めず、仕事で困っているところを助けてもらったのがきっかけです〉

詳《くわ》しく事情を聞けば、筆談もできず苦労しているシャロンを気遣《きづか》ったラトレルは、時間を見つけて文字を教えてくれ、侍女にまで取り立ててくれたのだという。

〈ラトレル殿下は私のことを妹のようだとおっしゃって、気にかけてくださいました〉

「そうだったんだ。優しいお方なんだね」

ジゼルは地下室で見たラトレルの姿を思い出す。

（あの時も、きっと私たちをかばってくれたんだ……）

早く去るように伝えてくれたのは、本当にジゼルたちの身を案じていたからだろう。

裏を返せば、それだけ危険な人物が近くに潜《ひそ》んでいるということになる。

（二人が今まで通りの生活に戻れたらいいのに……）

ジゼルはシャロンが出て行ったあと、地下室の光景を思い出しながらデッサンを起こした。

ランプの明かりのみだったので、周囲の隅々《すみずみ》までは確認できなかったが、それでも部屋の全体像と鉄柵の構造はしっかりと思い出して細かく描いておいた。


——その日の夜、騒《さわ》がしくてジゼルは目を覚ました。

熟睡《じゅくすい》していたのだが、あまりにも人が動き回る気配がする。なんの騒ぎかと思ってべッドから起き上がると、ローガンが扉《とびら》の向こうにいる誰かと、ひそひそ声で話をしているのが見えた。

会話が終わって扉を閉めたローガンが、起きているジゼルに気がついて驚いた顔をした。

「……寝てたんじゃ……？」

「騒がしいけどなにかあったの？」

ローガンが押し黙ったのを見て、ジゼルの背筋に嫌な予感が伝った。

ローガンはしばらくして重たい口を開く。

「──シャロンが死んだ」

「……え？　嘘だ、なんで……？　人違《ひとちが》いじゃ？」

沈黙《ちんもく》は、今の言葉が嘘ではないことを意味していた。ジゼルはベッドから飛び起きてローガンに詰《つ》め寄《よ》る。

「……どうして、シャロンが……？」

明日には渡《わた》そうと部屋に持ってきておいた、完成したばかりの彼女の肖像画へジゼルは視線を向ける。

「俺は遺体の発見場所に向かう。お前はここに残っていろ」

「……一緒に行く」

ジゼルがギリギリと奥歯《おくば》を噛《か》みしめると、ローガンはジゼルの肩にそっと手を乗せた。

「バカなこと言うな。おとなしくしてろ」

「でもっ」

「言うことを聞けジゼル。これは命令だ」

ローガンは有無《うむ》を言《い》わさぬ表情をしている。

見たものを記憶《きおく》する能力のことがある。ジゼルに現場を見せたくないと心配しているのは明らかだった。ジゼルはローガンの服の裾をぎゅっと摑んだ。

「私にしかできないことがあるかもしれないから……お願い、連れていって」

ローガンを仰《あお》ぐと、青い瞳は悔《くや》しさを我慢《がまん》しているように揺れている。ジゼルはローガンの答えを待たずにクローゼットに駆《か》けだした。

「すぐ支度《したく》するから待ってて！」

平気なふりを装《よそお》ってローガンと共に部屋を出る。

シャロンの遺体が見つかったのは、裏庭の階段だった。すでに関係者以外の立ち入りが禁止されていて、衛兵たちが辺りを囲っている。

足がすくみそうになってしまい、大きく深呼吸を繰り返していると、ローガンがジゼルの手をぎゅっと握った。ローガンのあとについて、長い階段の下で横向きに倒れている人物の近くまで寄る。

見覚えのある金髪の少女の姿に、思わず近寄ろうとしたのをローガンに止められた。

「もしかして、まだ生きているんじゃ……！」

「もうずいぶん前にこの状態で見つかっているんだ」

つい昼過ぎまで、話をしていたのに——。

ジゼルのやるせない気持ちなど関係なく、現場検証が行われていく。それからすぐに、遺体を検視していた医師は、死因は転落によるものだと判断した。

医師の見解では、落下した時に負ったであろう傷以外におかしなところはないという。

「おいお前、ちゃんと診《み》たのかよ？」

周辺を探るようにしていたローガンが、検視結果を伝える医師につっかかる。カヴァネルが慌てて二人の間に割り込んで止めに入った。

「ローガン！」

強い口調でカヴァネルに諫《いさ》められ、ローガンは怒《いか》りを押し殺したように口をつぐんだ。

争った形跡《けいせき》もないので、最終的には事故だとあっさり結論付けられる。

しかし、カヴァネルにシャロンの服のポケットから見つかったというちぎれた紙の切れ端を見せてもらった瞬間。

「あ……——」

うっかり小さく声を上げてしまい、慌てて自分の口を即座《そくざ》に塞《ふさ》ぐ。

（違う、これは事故じゃない……シャロンは殺されたんだ！）

ジゼルは逸《はや》る心臓を落ち着かせるように、大きく息を吐いた。

事後処理が残っているというカヴァネルと別れ、ジゼルはローガンを引きずるようにして急いで部屋に戻る。

「ローガン！　シャロンは事故じゃなくて殺されたんだと思う――あの紙は、デッサン用で、私とラトレル殿下のことを話した時のものだと思う」

処分する前に犯人に内容を見られてしまったから、こんなことになってしまったのではないだろうか。

「俺も、シャロンは殺されたんだと思う。おそらく突《つ》き落《お》とされた。足を滑らせて落ちたなら頭の前後に傷があってもおかしくないのに、傷が側頭部にあったから」

検視の時、ローガンが医師に「ちゃんと診たのか？」と怒《おこ》っていたのはそれだったのだ。

「……誰かに押されて、犯人を見ようと振り返ったとか……？」

多分な、とローガンが息を吐いて、片手で顔を覆《おお》いながら状況《じょうきょう》を思い出すように目頭《めがしら》を押さえる。シャロンが横向きのまま地面に落ちていったことを考えれば、強い力で押されたのだろうと付け加えた。

「きっと、ラトレルの元に行く途中《とちゅう》だったんだろうな」

言われてみれば、シャロンが亡《な》くなった現場は例の建屋に効率よく行ける。さらに人通りも夜警もまばらだ。

可憐《かれん》な少女の笑顔を思い出すと、怒りと悲しみでジゼルの頭は沸騰《ふっとう》してくる。

「あの休憩所《ガゼボ》から彼女が出入りすることを知っていた人物による犯行……ラトレルを監禁した犯人と関連づけて考えてもよさそうだな」

ジゼルは頷いた。

「紙の件だが。シャロンがラトレルの情報を漏らした相手を敵は当然狙ってくるだろう。用心しろよ、血眼《ちまなこ》で探しているはずだ」

悔しさでジゼルが握りしめたこぶしに、ローガンが手を添《そ》える。

「ジゼル、犯人を捕《つか》まえよう。必ず」

「……うん、絶対に捕まえる」

王宮で初めてできた友達だったのに。やっと打ち解けてきたばかりなのに、もう二度と会えない。それを思うと悲しみが込《こ》み上《あ》げてきて、ジゼルは声もなくぼろぼろと涙をこぼした。

「もっと……もっとたくさん話しておけば良かった」

いつもシャロンはジゼルのことを気にかけてくれていた。優しい笑顔や美しい文字が忘れられない。

ローガンはジゼルを優しく抱き寄せると、背中をさすってくれる。

「絵もせっかく完成したのに……見せてあげたかった」

後悔し続けるジゼルの涙を、ローガンが指先でぬぐい取った。

「ジゼル。シャロンの絵を、彼女の親父《おやじ》さんに届けにいこう」

「無理だよ！　合わせる顔がないよ……申し訳なくて」

脅されていると知っていたのだから、もっとジゼルが気をつけていたら、シャロンは殺されなかったかもしれないのに。

さらに目を真っ赤にさせて泣くジゼルの肩に、ローガンの手がそっと乗せられる。

「そもそもこの絵はなんのために描いたんだよ。父親に渡したいっていう、彼女の願いを叶《かな》えるためじゃないのか？」

「だけど……今は気持ちの整理がつかなくて」

「シャロンの願いを叶えられるのはジゼルだけだ」

ローガンはジゼルをぐっと抱き寄せて、泣いてもいいように広い胸を貸してくれた。頭を優しく撫でてくれる手の温《ぬく》もりに、ジゼルはだんだんと決意が定まっていく。

「ありがとうローガン。シャロンのお父さんに、私の描いた絵を渡しにいく」

彼女のために描いたのだから、ちゃんとその思いは託《たく》さなければならない。

ローガンはようやく前を向いたジゼルを見て、それでこそジゼルだなと優しい笑顔を向けたのだった。

落ち着かない気持ちのまま、ジゼルはローガンと共に馬車に乗ってシャロンの父親に絵を届けに向かっていた。

シャロンの葬《とむら》いも終わり、父親の落ち着いた頃を見計らっての訪問だ。

「娘《むすめ》はこんな感じじゃない！　とか言われたらどうしよう……」

「ビビりすぎてさっきから面白《おもしろ》い顔になってるぞ」

「し、仕方ないじゃん！」

住宅街の一角にある家に向かうと、中から少しやつれた様子の男性が現れた。緑色の目元に、シャロンに似た空気を感じる。

迎《むか》えてくれたシャロンの父親は、深々とお辞儀《じぎ》をすると喉元《のどもと》に手を当てた。そこで初めて、ジゼルは彼も声が出ないことを知った。

家の中へ招き入れられ、座って待っていると、父親は筆記具を持ってきた。

〈ジェラルド様、それから宰相様に代わってローガン様も。お越《こ》しくださってありがとうございます〉

「とんでもないです。本日は、シャロンさんからお父様宛《あて》にと頼まれていたものをお渡し額装したキャンバスを取り出し、ジゼルはおずおずと父親に渡す。

緊張でジゼルの体中が冷たくなった——。

だが、そんなジゼルの気持ちを振《ふ》り払《はら》うように、絵を受け取って見た瞬間、父親の瞳にみるみるうちに涙が溜《た》まった。

絵画の中のシャロンは、今にも動きだしそうなほどにみずみずしい生気に満ち、穏《おだ》やかで美しい笑顔をこちらへ向けていた。

言葉がなくとも、その姿から感謝の念が溢《あふ》れてきているのがわかる。

「この絵をぜひお収めください。シャロンさんが、お父様へと望んだものです」

〈こんな素敵な贈《おく》り物《もの》を……まるで、娘がそのままここにいるかのようです。ありがとうございます〉

書かれた言葉を見た時やっと、ジゼルは本当に救われたような気持ちになった。

涙をぬぐいながら、父親は何度も何度も頷いていた。ジゼルは言葉を詰まらせる。そして立ち上がると、深々とお辞儀をした。

シャロンの父はぎゅっとジゼルを抱きしめてくれ、瞳を瞬《まばた》かせながら〈ありがとうございます〉と紙に文字を書いた。

「私からも、このたびの件、心からお悔《く》やみを申し上げます」

二人のやりとりを見守ってくれていたローガンも、立ち上がって腰《こし》を折った。

品格のある礼にジゼルは内心驚く。普段《ふだん》の様子からはまったく想像がつかないが、それはまさしく宰相代理にふさわしかった。

父親は頭を下げたままのローガンの肩にそっと手を乗せて、いいんだと言うように叩いていた。改めて腰を下ろすと、父親は目を真っ赤にしながら紙の上で会話を始める。

〈シャロンのことは、残念ですが仕方ありません。ですが、こんな素敵な絵を描いていただき……再び娘と会えたように感じます〉

（私の描いた絵が、こんなに喜んでもらえるなんて……）

視界が滲むのを堪《こら》えられなかった。

ジゼルがうつむいている間にも、父親のペンが紙に文字を書き続ける。そこには、たくさんの感謝の言葉と称賛《しょうさん》が溢れていた。

（もっと、きちんと自分の絵と向き合おう……人に喜んでもらえる絵を描けるように）

画家としてできることを、自分にできることをもっと考えてみようとジゼルの胸がいっぱいになる。

父親は愛娘の肖像画を壁に飾った。

手前の卓《たく》にはシャロンのために用意された花と蝋燭《ろうそく》が灯《とも》されている。ジゼルとローガンは並んで前に立ち、長い黙祷《もくとう》をささげたのだった。

シャロンの父親の家をあとにした二人は、話す言葉もなく馬車に揺られながら城への帰り道を進む。途中で、ローガンがぽつりと口を開いた。

「良かったな、喜んでもらえて」

向かいに座っていたローガンを見ると、いつもの意地悪な様子ではなく、優しく微笑んでいる。

「うん。すごく、喜んでくれていた」

すると、ローガンはいきなり御者《ぎょしゃ》に言って馬車を止め、ジゼルの手を摑んだ。

「――このまま街に行くぞ」

「えっ⁉　今から？　さすがにちょっと突然すぎない？」

「お前に拒否権《きょひけん》があるわけないだろ。『恋人《こいびと》』らしくデートだ」

「はいっ⁉　えっ……えええ、デート⁉」

狼狽《うろた》えると、ローガンは呆れたと言わんばかりだ。

「はぁ……たかがデートってだけでそんな顔して。これだからお子様は」

「だって、したことない……！」

「つべこべ言うな。ほら、行くぞ」

おちょくるように鼻先をつつかれて、さらに指と指を交差させるようにしっかりと手を握られる。

「な、手っ……！」

「これは恋人の常識だからな」

ローガンにとびきりの笑顔を向けられて、ジゼルの心臓は思い切り跳《は》ね上がったのだった。

連れていかれた先は、王都でも老舗《しにせ》のパン屋だ。

「あれが有名だって知っているか？」

ローガンが指を差した先には、一口サイズのエッグタルトが並べられている。

ジゼルが興味津々《きょうみしんしん》に覗き込んでいる間に買ってきてくれて、二人は店先に置かれた椅《い》子《す》に腰を落ち着けた。

ジゼルは出された目の前のエッグタルトと、食べるように促してくるローガンとを交互《こうご》に見る。

「……いいの？　割り増しであとから代金請求《せいきゅう》されるとか……」

「デートよりも、頭撫でて抱きしめながら一緒に寝てやったほうが良かったみたいだな」

ジゼルはうっと息を詰まらせた。

ここ数日ほど、ベッドに入るとシャロンのことを思い出し、悲しみと心細さでこっそり泣いていた。しかしすぐにローガンにバレてしまい、寝るまで彼はジゼルの頭を撫でてくれていたのだ。

「お前は顔に出すぎる。シャロンのことだけじゃなくて、最近ろくに飯も食ってなかっただろ」

それも気づかれていたんだ……。

ジゼルは自分の描く絵に疑問を抱き始め、根を詰めすぎて食が細くなっていた。さらにシャロンが亡くなってからは、食べ物が喉《のど》を通らない。

心配をかけないようにしていたつもりだったが、ローガンにはお見通しだったようだ。

食欲はないのだが、差し出されたエッグタルトはとても魅力的《みりょくてき》だ。せっかくだからと、ジゼルは良《い》いにおいのするそれに手を伸ばした。

（わ、これ本当に美味《おい》しい……！）

一口食べると、絶妙《ぜつみょう》な甘みに自然と笑みが浮かぶ。すると、ローガンの手にほっぺたをむにっとつままれた。

痛いと抗議《こうぎ》しようと顔を上げたところで、ローガンの瞳に安堵《あんど》が滲んでいるのが見える。かなり彼を心配させていたようだとジゼルは反省した。

「ローガンありがとう……ほんとはシャロンのこと、けっこうつらかったから」

「だろうな。なんで一人で抱え込むんだよ？」

「だって……」

「あのなぁ……話くらいいくらでも聞いてやる。で、今はなに考えてるんだ。思ってること端《はし》から全部話せ」

そう言われても、なにから話すべきかと口ごもってしまう。

「言うこと聞く約束、忘れたわけじゃないよな？」

「忘れていないけど……」

痺《しび》れを切らして不機嫌になったローガンは、ジゼルの唇に指を押し当てた。

「俺に逆らうとどうなるか、身体にわからせてやってもいいんだが……」

「ちょっ……それは勘弁《かんべん》して！」

「じゃあとっとと言えよ」

「うまく、言えないかもしれないんだけどね。私、今まで夢を追いかけて、無謀《むぼう》にも男性に成りすまして……天才とか言われてもてはやされて。女王陛下から依頼を受けるなんてすごいでしょ！　って、心のどこかでうぬぼれてたんだと思う」

今思えば、自分の作品は完璧だと信じ、疑問を持つことさえなかった。

「なのに、肖像画を描くようになってから、描いたものに対して初めて違うって言われたの。それで、今まで通りにしてるのにうまくいかなくて……なんかだめな気がして……ずっと苦しい」

ジゼルは初めて、自分の作品に対して疑いを持った。

もうすぐ開催《かいさい》される国際交流の場で披露《ひろう》されるものとして、自分の描いた絵が本当にふさわしいものであるのか。女王が本当に求めているものは、なんなのだろうか。

それが未《いま》だにわからず、ジゼルを苦しめる。

「……まぁ、そりゃそうだろうなあ」

ローガンにまで自分を否定された気持ちになり、ジゼルはうつむいた。

「あのさ、さっきあんなにシャロンの親父さんが喜んでいた理由、ジゼルは本当にわからないのか？」

ローガンがからかうようにジゼルの額をつついた。

「……？」

「………本当にわかってないんだな」

ローガンは困ったように考え始める。

「……ジゼルは、あの絵にどんな気持ちで取り組んでいたんだ？」

「シャロンに描いてほしいって言われて。お父さんが貰って喜ぶ絵を……って。だから、贈《おく》られたら嬉しいと思わずにはいられなくなるくらい、素敵なシャロンの笑顔を描かなくちゃって」

「じゃあ、女王の絵はどんな気持ちで制作していた？」

違いを考えているうちに、ジゼルは頭から冷《ひ》や水《みず》をかけられたような気持ちになる。

「あ……」

「ジゼルは、こんなになってまで『なに』を伝えようとして、絵を描こうとしているんだ？」

ジゼルの大きなタコのある指先をつまみながら、ローガンが覗き込んでくる。

父親を喜ばせたいというシャロンの意を汲《く》んで、ジゼルはその気持ちを伝えたいと思ってキャンバスに向き合っていた。手に取った時、満足してもらえるようにと想いを込めたから、シャロンの父はジゼルの絵を喜んでくれたのだ。

「私、ようやくわかったかも……」

ローガンがジゼルの目の端に溜まり始めた涙を指先でぬぐってくれる。

「私の絵はね、すごく独《ひと》りよがりだったんだと思う。自分の見たままを絵にすればいいと思っていたから」

身勝手だったと理解した瞬間、絵画への思いが溢れてきて、涙がジゼルの目からこぼれ落ちた。

人物画に込められるべき大事なものは、描く人と描かれる人のお互《たが》いの『気持ち』だ。

技術の優劣《ゆうれつ》がすべての良《よ》し悪《あ》しではないし、正確に描写すればいいというものでもない。

ジゼルは、そのことに今の今まで気づいていなかった。

「ずっと、見えているそのままを描くのが正しいって思っていて……それが画家の仕事だと勘違《かんちが》いしていた。けれど、それって描かれた人の表面的なものしか伝えられてないよね」

女王が息子《むすこ》思いの優しい母親だというのを知っていたのに、ジゼルが筆を進めている女王の肖像画は、厚く塗《ぬ》った化粧《けしょう》を施《ほどこ》した仮面のような顔だ。

――そこに、彼女の真実の姿や想いが描かれているはずはない。

「遅《おそ》かったけど……ようやく自分で気づけたな」

「技術だけ磨《みが》けば認められるって私は勘違いしてた。正式な宮廷画家だったらもっと自信を持って作品を生みだせるんじゃないかって……頭がいっぱいになっちゃって」

画家として、自分はどうなりたいのだろうか。

いま一度冷静に考えてみて、ジゼルは口を開く。

「これまでのように、キャンバスにそのまま写すだけじゃなくて……描《えが》かれた人が伝えたいと思っていることや内面が、観《み》た人にも伝わるような絵を描きたいな……ううん、描けなきゃダメだ」

「それができるこの国の最高の職業が、『宮廷画家』だ。夢を叶えるのなら、ジゼルはその職を目指すしかないだろ」

「でも、基本的に画家は男性が就くもので――」

うつむこうとすると、ローガンに顎《あご》を摑まれて上を向かされる。

「あのなぁ。常識に関しては、ジゼルの才能をくすぶらせている、この国の凝《こ》り固まった価値観や古臭《ふるくさ》い制度が時代遅《じだいおく》れなんだよ」

ローガンは眉根を寄せて、しばらく止まった。ずいぶんと時を置いてからぽつりと告げる。

「ジゼル、事件が終わっても王宮に残れ」

「それができたら嬉しいんだけど。いつ正体がバレるかもわからないし、無理だよ」

「お前が宮廷画家になれたら、今だけじゃなくて、未来の人たちの希望になる」

「大げさだなぁ。もちろん、そうなれたらいいけど」

「女流画家のジゼルとして活躍《かつやく》できる日が来るようにするには、王宮に残ってお前にしかできないことを極めるしかないだろ？」

ローガンがいつになく真剣な目をしているので、ジゼルは逸《そ》らせないまま彼のそれを見つめた。

「俺の側《そば》に居ろ。そもそも、言うことはなんでも聞くって話だったろ？」

「それは、事件が解決するまででしょう？　私がいつまでも王宮にいたら、ローガンの負担も大きくなっちゃうじゃん」

ジゼルが言い訳を重ねれば重ねるほど、ローガンの顔がどんどん険しくなっていく。

「このわからず屋め……。だったら、誰でも性別に関係なく画家として仕事ができるならジゼルは王宮に居るんだな⁉」

鬼気迫《ききせま》る勢いで訊かれ、ジゼルは目を白黒させた。

「そ、そんな状況になるなら、もちろん、そうするけど」

「なら、お前が余計なことを考えず才能を生かせる環境《かんきょう》に、俺がしてやる」

「ええっ⁉　なに言ってるの⁉」

「今、偽りのないジゼルとして絵を描けなくてどうすんだよ‼」

ローガンの言う夢物語は、王国の土台を変えない限りどうにかなる問題ではない。それこそ、貴族や王族が革新しなければ……。

ローガンが真剣にジゼルを覗き込んでくる。

その瞳に、ジゼルはなぜか胸が締《し》めつけられるような気持ちになった。

（なれるのなら、宮廷画家になってみたい……多くの人に喜んでもらえる絵を描きたい）

本当にそんな未来が訪れたらいいのに……と思った時、ローガンはジゼルの手を両手でそっと握る。

「ジゼルが活躍できる場は必ず俺が整える。約束する」

口で言うのは簡単だが、相当難しいことだ。

なのに、ローガンが真剣にジゼルのことを考えて誓言してくれた気持ちが嬉しくて、笑みがこぼれる。できない言い訳を重ねることを、ジゼルはもうやめた。

「うん、わかった……私、もっと自分や絵と向き合ってみる」

「よし——……そうと決まればデートは終わりだ」

「えっ⁉」

「続きはまた今度してやるよ。まずはとっとと犯人を見つけるぞ」

ローガンはニヤッと笑ってジゼルを引っ張り上げると、一目散《いちもくさん》に王宮へと戻った。

想《おも》いを新たに、改めて作品を前にすると、なんで今までこんな絵を描いていたんだと思わずにはいられない。

これで天才だともてはやされていたのかと恥《は》ずかしい気持ちになって、ジゼルは大いに反省した。気づかせてくれたローガンには感謝しかない。

一から描き直させてほしいと頭を下げたジゼルに、女王は驚いて絶句した。しかし、「女王陛下は、どのようなお姿で描かれたいと望まれますか？」とジゼルが問いかけたと同時に、即座に居住《いず》まいを正《ただ》す。そして——。

「この国を想う、母としての姿を描いてほしい」

その言葉に、ジゼルは打ち震えた。

息子を思い、国を憂《うれ》う女王陛下の姿ならこれまで幾度《いくど》も見てきた。女王のなりたい姿――それは己《おのれ》の記憶の中にきちんとある。

女王の言《げん》に感動した勢いでデッサンを進める。描き上がったものを見るなり、女王は心底嬉しそうな笑顔を浮かべた。

「……あぁ、良い。この調子で進めてくれ」

「ありがとうございます。必ずや交流会に間に合わせます！」

数日後には、すでに新しいキャンバスに色が入り始めていた。

今まで手が動かなかったのが嘘のようだ。まるで筆に命が吹き込まれたかと感じるほど、生き生きとした線が描かれていく。

時間を取り戻すかのように、ジゼルは一心不乱《いっしんふらん》にキャンバスと対峙《たいじ》した。

一筆一筆、画面に色を置いていくたび、絵に対する愛《いと》しい気持ちが溢れ出してくる。

（みんなに、女王陛下の優しい一面を知ってもらいたい……頑張《がんば》らなくっちゃ！）

今までとは比べ物にならないほど、世界が真新しく見える。絵筆を動かすたびに、ジゼルはどんどん胸が熱くなっていくのを感じていた――。

その後女王からは、完成した作品を飾るため、部屋のレイアウトを見てほしいと頼まれた。ジゼルは作業の合間を縫《ぬ》って、女王の私室の模様《もよう》替《が》えを手伝う。

私室全体の壁を眺めながら、ジゼルは収集品《コレクション》をどこに並《なら》べ替《か》えたらいいかを考えていた。

（ローガンの言う通り、この酒瓶《さかびん》を描いた絵だけ、部屋に合わないんだよね……）

どう配置し直しても女王の持ち物は調和が取れているのに、酒瓶の作品が一体感を台無しにしている。それを飾っておく理由も、すっかり聞きそびれたままだ。

すると、悩んでいるジゼルに気がついた侍女頭が笑顔で近づいてきた。

「そちらの外国の作品は、薬の神様が召《め》し上《あ》がったお酒を題材にしているそうですよ。飾っておくと、健康のご加護《かご》が必ず得られるんですって」

「へぇ……そうだったんですね！」

ジェフリーの身体を心配する女王が、ご利益《りやく》を信じて飾っていたのだ。ジゼルは納得し、だったら良い場所を選ばなければと、悩み抜いた末に作品を持ち上げた。

――カチャン。

絵の裏側からなにかが滑《すべ》り出てきて、床に落ちた。

（わ、わ……壊《こわ》しちゃった⁉　どうしよう‼）

誰にも見られていなかったことに安堵《あんど》しながら、ジゼルは額縁《がくぶち》の留め具の部品かなにかが外れたのだと思い急いで拾い上げる。

「えっ……?」

それは、小さな鍵だった。

とっさにポケットにしまったが、しばらく動悸《どうき》が収まらない。模様替えに没頭《ぼっとう》するふりをしながら、ジゼルの頭の中は鍵のことでいっぱいだった。

(これは一体なんの鍵だろう……女王陛下のお部屋の絵の裏に隠してあったってことは……?)

胸騒《むなさわ》ぎが収まらず、ようやく模様替えが終わるや否《いな》や、ジゼルは駆け出してローガンの部屋に戻った。すると調練から帰ってきたばかりの当人がおり、ジゼルはちょうど良かったと目を輝《かがや》かせる。

「……女王の部屋の変な絵から、おかしな鍵が出てきた?」

健康のご加護を信じて壁に掛けていたのだと説明しながら、ジゼルは現物をポケットから取り出してローガンに渡す。

「そう。これ見て。もしかしてラトレル殿下の地下室の錠の鍵かなって思ったんだけど」

「そんな偶然《ぐうぜん》があったらすごいけどな。形状が合うか確かめるのが一番早いが……今すぐは無理そうだ」

ラトレルがいる地下室に近い離れの宮殿は、もうすぐ来る賓客《ひんかく》を宿泊《しゅくはく》させるために使用される。連日準備のために人が行きかっており、先日ラトレルに会いに行った時よりも、明らかに近づくのには骨が折れる状況だ。

「たしかに……あ、待って。行かなくても確かめられるよ！」

「どうやって？」

ジゼルはカルトンを引っ張り出してくる。中からまっさらな紙を取り出し、机の上で絵を描き始めた。

集中してしまったジゼルをしばらく放っておいたローガンは、ジゼルの手が止まったのを確認すると後ろから手元を覗き込む。

描き出された緻密《ちみつ》な絵を見るなり「まさか」と唇を動かした。

「柵につけられている実物の錠と、まったく同じ大きさで描いたよ」

あまりの神業《かみわざ》に、ローガンは絶句した。

「誤差はあっても髪の毛一本分程度だと思う。私の技術を信じてくれるなら」

鍵を取り出すと、たった今ジゼルが描き終えた錠の鍵穴《かぎあな》の上に置く。

「――すごいぞ、ジゼル。穴の大きさ、形までぴったり一緒だ……ということは、地下室の錠の鍵で間違いない」

「これでラトレル殿下を救い出せるね‼」

喜んだのもつかの間、ローガンが渋《しぶ》い顔をした。

「どうしたの、そんな顔して？」

「……ってことは、ラトレルを閉じ込めたのは女王ってことか……？」

「あ、……状況的には、そうなるよね……ローガン？」

女王は犯人ではないかもしれない、と思っていたジゼルが複雑な心境になるならわかる。

がしかし、ローガンは真相究明《しんそうきゅうめい》に意気込んでいたはずだ。

そんな彼が、証拠が見つかったと同時に複雑な顔をした理由が、ジゼルにはさっぱりわからなかった。


女王に肖像画の進捗《しんちょく》を報告しにいかなくてはならないというジゼルと別れ、ローガンは急いでカヴァネルの元に鍵の件を知らせに向かった。

「……となると、女王陛下がラトレル殿下を監禁した犯人だという疑いが濃《こ》いですね」

「だとしても、これだけじゃ証拠にはならない。ラトレルをこちら側に引き込んで証言させるほうが早くないか？」

しかし、カヴァネルはうーんと唸る。

「もしラトレル殿下が出てきてくれたとしても、彼は誰が自分を閉じ込めたのかも言わなかったですし……現時点で騒《さわ》ぎ立《た》てれば、証拠不十分の上、私たちの狂言《きょうげん》ではと言われかねませんよ」

ラトレルを解放する手立ては見つかった。

だが、誰が彼を監禁したのかもわからず、また、連続不審死の証拠はまだなに一つ見つかっていないのだ。

「急がなくてはなりませんが、今以上に慎重に対処《たいしょ》する必要があります」

それはローガンも重々承知していた。

「鍵が出てきた絵を女王に献上《けんじょう》したのはボラボラ商会だ。偶然にしては引っかかる」

それで、とローガンは二枚の紙を取り出した。

一枚はシャロン宛ての差出人不明の手紙の文字をジゼルが再現したもので、もう一枚はボラボラ商会に雇《やと》われている代筆屋に仕事を依頼をするふりをして書かせたものだ。

「読み通り、癖《くせ》が一緒だ。ここの代筆屋が書いたものでほぼ間違いないだろう」

「なるほど……ボラボラ商会もなんらかの形で関与《かんよ》している線がかなり濃厚《のうこう》ですね」

カヴァネルは一拍置《いっぱくお》くと、ゆるゆると口元を弧《こ》の字にする。

「ジェラルド殿が来てくれたおかげで、色々と進展しているような気がします。ローガンもとても楽しそうで、私も嬉しいです」

「……どこをどう解釈《かいしゃく》したら俺が楽しそうに行きつくんだよ」

「彼と同室になってから、ずいぶんと雰囲気が柔《やわ》らかくなりましたよ」

肩をすくめたローガンに、カヴァネルはおや？　と瞬く。

「なにか、煮《に》え切《き》らないことでも？」

「この国の体制が古すぎて、嫌気《いやけ》がさしてたんだよ」

ジゼルにもっと活躍できる環境にしてやると豪語《ごうご》した手前、ローガンもそれを模索《もさく》してはいたが、一向に解決方法は見つからない。

「あーもー……どうしたらいいんだ？　このままじゃ、この国終わるぞ」

「どうにかできる人は、限られていますよね。国の中枢《ちゅうすう》を担《にな》う人物か、王族か」

王国の古い体制に日々悩まされているカヴァネルとしても、現状打破《げんじょうだは》は望むところだ。

「形骸化《けいがいか》した組織を一度壊すには、やはりそれなりの努力と力が必要かと」

「力、か……」

「さらに、型破りで求心力がある人物が中心になって動けば、自然と変わっていく部分もある……というところでしょうか」

今のままなら、ジゼルの才能は埋《う》もれてしまうのが容易《ようい》に想像できる。陽《ひ》の目《め》を見なくなるのはどうしても納得できなかった。

「ジェラルド殿の才能を生かすも殺すも、ローガンにかかっていると思いますけどね」

「……俺、ジェラルドのことだって言ったか？」

「いえ、なんとなくですが、そうかなと思いまして」

カヴァネルの意味深な物言いに、ローガンは自分の立場を冷静に考えて、ため息を落とした。

「今はその時ではないにしても、あなたが望むのなら、全力で私はお手伝いしますよ」

「……」

黙りこくったローガンに、カヴァネルはニコッと微笑んで肩に手を乗せたのだった。

（……どうにかしたい。できるなら）

気がつけば、ジゼルのことばかり考えている。

画家として多くの人から認められたい、という彼女の野望とも言える願望は、そもそもこの国の体制が問題なのだ。

そのどうにもできない理不尽《りふじん》さに対し怒りを向けるどころか、それでもどうにかしようともがく彼女に、いつもハッとさせられる。

ジゼルが本当の自分の姿で、自信を持って活躍できていたら……。彼女の躍進《やくしん》を妨《さまた》げている古臭い通念《つうねん》にはうんざりだ。でも、国の常識を覆《くつがえ》すような力は自分にはない。

「くそ……これ以上俺にどうしろっていうんだよ……なにもできないのに‼」

衛兵たちがぎょっとするのも気にせず、ローガンは思《おも》いの丈《たけ》をぶつけるように廊下の壁を殴《なぐ》る。そのまま廊下をものすごい形相《ぎょうそう》で歩いていった。

ローガンに壁に穴が開くほど心配されていると知らないジゼルは、描いている途中の肖像画を持って女王の元に急ぎ足で向かっていた。

さっそく見せると、女王は喜色《きしょく》をあらわにしながら上品な笑みを口元に漂《ただよ》わせた。

「——良い、完成が楽しみだ」

色合いを話していたところで、女王にかすかに苦しげな表情が見えた。

「お疲れではないですか？　少し……」

休まれますか？　とジゼルが言おうとしたところで、女王は急に足元がおぼつかなくなり机に手をついた。大慌《おおあわ》てで道具を置いて近寄る間に、膝《ひざ》から崩れ落ちる。

「大丈夫ですか⁉　誰か、誰か来てください！」

ジゼルの声に、侍女頭が大慌てで駆けつけてきた。

「情けない。年々、貧血《ひんけつ》と吐《は》き気《け》がきつくなってきている……」

とっさに女王は口元に手を当てた。

「早く、お医者様を！」

「呼ぶでない。年齢《ねんれい》とともに足腰《あしこし》や臓腑《ぞうふ》が弱くなっているだけで、結局、原因はわからないと告げられるだけだ」

ぴしゃりと言われて、ジゼルはさらに心配を募《つの》らせる。

「このことは他言無用《たごんむよう》だ。私には王としての責《せき》がある。気安く休むことは許されない」

侍女頭に渡された水を飲み終わると、椅子に深く腰掛《こしか》けながら女王は息を吐いた。

「案ずるな。近い将来、ジェフリーと共に離宮《りきゅう》で休ませてもらう」

苦しそうに呟いてゆっくりと水を飲んだ時、女王の口元にくっきりとした白粉《おしろい》のよれができた。化粧が剝《は》がれ落ちた皮膚《ひふ》は、恐ろしく血色が悪い。

「今日はこれまでにしよう」

女王に下がってよいと言われたジゼルはその場に残るわけにもいかず、退出して作業部屋に戻った。

（――女王陛下は具合が悪いのを、お化粧《けしょう》で必死に隠していたってこと……？）

カヴァネルからは、女王は即位《そくい》してから顔を隠すようになったと聞いている。

表情を表に出さないための厚化粧だと思っていたが、今日の様子を見る限り、体調不良を隠すために施《ほどこ》しているように感じる。

（貧血や吐き気がいつもだというのなら、ずっと具合が悪かったってことだよね。それに、ジェフリー殿下と似ている症状……？）

女王の様子を思い出しながら、ジゼルは筆を動かそうとしていた手を止めた。

(もしかして、やっぱり私はなにか思い違いをしている……?)

ずっと女王が犯人だと仮定してきたため、いくら違うと思うことがあったとしても、基本的にはその先入観《せんにゅうかん》でしか事件を見ていない。

しかし、冷静になって考えれば、女王にはシャロンを殺す動機が見当たらない。それに、退位を考えているのなら継承権《けいしょうけん》を持つラトレルを監禁する意味もない。

だとしたら、理由もなくわざわざ人を殺すだろうか……?

(でも、女王陛下が犯人じゃないとしたら、犯人は一体誰——?)

胸騒ぎが収まらず、ジゼルは絵筆を握ったまま立《た》ち尽《つ》くした。

第五章　そして真実が明らかに

事の始まりは、王宮で起きたという連続不審死《ふしんし》だ。

黒幕《くろまく》と目《もく》されたのは女王陛下《へいか》。病弱な息子《むすこ》のジェフリーを王位に即《つ》かせるため、彼が玉座《ぎょくざ》に就《つ》くことに懐疑的《かいぎてき》な反対勢力の貴族や大臣を次々と殺害し、さらに第一王位継承《けいしょう》者《しゃ》である側室妃《そくしつひ》の息子ラトレルをも手にかけた——と思われていた。

（でも……よく考えたら、女王陛下にばかり不利な証拠《しょうこ》がそろいすぎているのよね）

ここに来て感じる違和感《いわかん》の正体は、『すべての都合がよすぎる』というものだ。

（まるで、誰《だれ》かが意図的に女王陛下を犯人だと名指《なざ》しでもしているような……）

考えれば考えるほど、首謀者《しゅぼうしゃ》が女王であるというのがしっくりこない事実が増えてくる。

すぐに女王の健康状態のことを報告するべく立ち上がったところで、ローガンが見回りついでにとジゼルの様子を見に作業部屋にやってきた。

「……なんだよ、また悩《なや》みごとか？」

「女王陛下が事件の元凶ではないと仮定して、犯人は一体『誰』で、『なに』を使って

『どうやって』人を殺していたんだろう？　って考えていたの」

ジゼルは意を決して、女王の具合が悪かったことと、人殺しを企てるようには思えないという私見をローガンに伝えた。

「亡《な》くなった人たちって、みんななにかの中毒症状《ちゅうどくしょうじょう》があったたって話でしょう？　女王陛下もジェフリー殿下《でんか》も、実は同じものに侵《おか》されているんじゃないかと思ったんだよね。彼らも毒を盛《も》られてるとか……？」

「王族だぞ？　毒見がいて、どうやって摂取《せっしゅ》させるんだ……？」

「そこなんだよね……。う～ん……一見、害があるとは思えないものを使ったとか？」

「なるほど。そういう考え方もあるな……」

ジゼルとローガンはしばし考え込む。

「……そういえば、絵の具も劇物なんだよな」

ローガンの視線の先には、革《かわ》の入れ物に入った絵の具がきれいに並んだ棚《たな》がある。

以前、絵の具は身体に有害なものを含むのだとローガンに教えたなと思い出した瞬間《しゅんかん》
――パチンとジゼルの脳内でパズルのピースが嵌《は》まった。

「もしかしたら女王陛下たちは、食べ物ではなく『鼻』から毒を吸っていたのかも！」

「……鼻？」

「鉱物を使った色味は、ずっと摂取していると皮膚《ひふ》の変色を起こしたり、手足が動きにく

くなったりするの。内臓を傷《いた》めるから貧血《ひんけつ》や吐《は》き気《け》も——」

ジゼルはパレットに向かって絵の具を絞《しぼ》り出《だ》して広げると、ローガンに見せる。

「女王陛下とジェフリー殿下のお部屋の壁《かべ》は、毒素を含《ふく》む絵の具と同じ鮮《あざ》やかな緑色をしているんだよ」

「塗料《とりょう》が、不調を引き起こしている原因なのか……⁉」

「だとしたら、毒見に関係なく、息をするたびに毒を吸ってしまうよね？」

鉱物系の塗料を使用した際の副作用と、二人の症状は一致《いっち》している。まったくの無関係ではないように思えてならない。

「この色は貴重だから国内ではあまり流通していなくて……全面を塗《ぬ》り替《か》えるほど大量に入手するのなら、おそらく輸入品……そういえば国外から取り寄せたって」

ジゼルが呟《つぶや》くと同時にローガンが重々しく口を開く。

「壁の塗料の購入先《こうにゅうさき》は、たしかボラボラだったな」

「シャロンを通して、ウェアム妃にこの色味がいいと教えてもらったって、陛下はおっしゃっていたはず」

二人は顔を見合わせる。

「……危害を加える目的で、わざと危険な塗料を入手させられたのなら、女王陛下は『犯人に命を狙《ねら》われている側』……になるかもしれないよね？」

ローガンは頷《うなず》いたあと、「その証拠さえ見つけられれば」と、不敵《ふてき》な笑《え》みを浮《う》かべた。

「女王が犯人ではないと思える根拠《こんきょ》を整理するぞ」

ローガンとともに、再度事件の見直しが始まった。


「女王陛下は退位をお考えだから、ラトレル殿下を監禁《かんきん》する意味も、ウェアム妃側の人々を邪魔《じゃま》に思う理由もないよね？」

「あぁ。それに、護衛がついているラトレルをそう簡単にどうこうできるはずがない」

ジゼルはほかになにか思い出せることがないか考え、ふと身震《みぶる》いした。

「ローガン……ラトレル殿下は『亡《な》くなっている』って思われていたので間違《まちが》いない？」

「表向きは行方不明《ゆくえふめい》ってことになっているが、たいがい、女王が殺したのではないかと噂《うわさ》されていたな」

特に宮廷内《きゅうていない》で女王から箝口令《かんこうれい》も敷《し》かれたとあれば、ラトレルを葬《ほうむ》り、邪魔者を次々と消したのも女王だと考えた人は多くいただろう。

ジゼルも王宮に来た当初、女王がラトレルを殺した張本人だと疑っていた。しかしいつからか、自分たちはラトレルは監禁されていると思いながら捜査《そうさ》をしている。

「……そうだ、私たちがラトレル殿下の監禁を知るより前に、その事実を知っていた人がいたからだ……初めてお会いした時、私に忠告してくれたの覚えてる？　『女王陛下は、ラトレルを監禁している怖《こわ》い人』って」

ジゼルの言葉を聞くなり、ローガンは眉間《みけん》に深くしわを刻《きざ》む。

「――ウェアムか……」

「ラトレル殿下が監禁されている噂なんて聞かなかったし、生存しているとはみんな考えてもいなかったはず。なのに、なんでウェアム妃はそう断言できたの……？」

何げない一言だが、ウェアムは『ラトレルは殺された』ではなく、『監禁されている』と言った。

それは息子の死を認めたくないからこその願望――というより、息子が監禁されていると知っていたために口を滑《すべ》らせた結果なのではないか。

「ウェアム妃が、女王陛下の悪い噂を利用して、陛下を連続不審死とラトレル殿下失踪《しっそう》の犯人に仕立て上げていた、とか？」

ラトレルを玉座にと思うなら、女王とジェフリーをウェアムが邪魔に思っていてもおかしくはない。

「たしかにウェアムは、日頃からボラボラと繋《つな》がっているし……」

――怪《あや》しいがしかし、今度は別の疑問が湧《わ》いてくる。

「でも、ウェアム妃がラトレル殿下を監禁したのなら、なんで自分の息子を閉じ込める必要があったんだろう？」

国王である女王や王位継承権を持つジェフリーが邪魔なのであれば、同じく王位継承権を持つ自身の息子にそんなことをする理由が、いくら考えても思い当たらない。

「あんまり似ていないから、ラトレルに愛情が湧かなくて顔も見たくないとか？」

「お腹《なか》を痛めて産んだ子だよ？　似ていなくても、自分の息子は大事にすると思うけど……ましてや、継承権第一位なのに」

ローガンのあり得ない喩《たと》えに、ジゼルは今まで描《えが》いてきた人々の絵を出して並べた。

「だいたい親子って似ていないって思っても、実際隣《となり》に並んだら似ているってこともよくあるわけで……」

言いながらラトレルとウェアムのデッサンを並べて、ジゼルは「ん？」と首をかしげた。

「ほーらみろ。ジゼルだって、似てないって思うだろ？」

「うーん。でも、ウエアム妃に似ていないだけで、先の王様に似ている、とか？」

「長廊下《ロングギャラリー》のあの肖像画《しょうぞうが》を観《み》ただろ。大広間のもまったく似てないだろうが」

ローガンは腕組《うでぐ》みをしながら勝《か》ち誇《ほこ》ったように言い放つ。

「似ているっていうのは、たとえば、シャロンと彼女の親父《おやじ》さんみたいなのを言うんだよ」

ジゼルはなるほどと思い、記憶していた父親の風貌《ふうぼう》をさっと描き起こすとシャロンのデッサンの横に並べる。

「見ろよ、親子だからすごく似てるじゃ――」

「なっ、なんでこんなに似ているの⁉」

ジゼルは目を見開いてローガンの声を遮《さえぎ》った。

シャロンと彼女の父――そしてたまたま隣に置いていたラトレル――その三人の姿が、親きょうだいだと言われても誰も疑問を抱《いだ》かないほどに似通《にかよ》っていた。

ローガンは渋面《じゅうめん》のまま固まる。

「どことなく似ているとは思っていたが……改めて並べると、さすがに似すぎているな」

じっくり三人の顔の輪郭《りんかく》を見つめてから、ジゼルは木炭を手に取る。

「この三人、ただそっくりなだけじゃない。たぶん骨格が似ているんだ……！」

ジゼルは手早くラトレルのデッサンに年齢《ねんれい》を重ねたように見える陰影《いんえい》をつけ始める。描き加えられてどんどん変貌《へんぼう》する絵にローガンは目を凝《こ》らした。

「……これじゃ、髪形が違《ちが》うだけでシャロンの父親と同じ顔だぞ」

ジゼルはさらに顔の肉付きや陰影から、皮膚の下に隠《かく》れている骨の形を推測する。

いくら顔のパーツが似ていても、骨格までは似ていないことが多い。骨は、親から受《う》け継《つ》がれる遺伝的要素が強く出るからだ。

三人の顔の中に、推測される骨格を別の色味で描《か》き入《い》れていく。描き終わってラトレルとシャロンの父の双方《そうほう》を重ねて透《す》かすと……線が重なり合い、ほとんど同じといえる骨の線が浮《う》かび上《あ》がった。

「ここまで基礎が似ているってことは、親族か血縁《けつえん》の線が濃厚《のうこう》だと思うよ」

ローガンは口元を指で覆《おお》いながら、じっと絵に見入った。

「断定はできないが、替《か》え玉《だま》か……？」

ジゼルがまさか、と眉《まゆ》を寄せた。万が一それが事実ならば、王宮内だけでなく国全体を揺《ゆ》るがす大事件だ。

「本人に訊《き》くのが一番早いな」

「ラトレル殿下だね！」

居ても立ってもいられなくなり、二人はすぐに作業部屋を飛び出した。

思いもよらなかった展開に、嫌《いや》な汗《あせ》が止まらなくなっていた。


ローガンが下調べをしていてくれたおかげで、二人は巡回兵《じゅんかいへい》の一瞬《いっしゅん》の隙《すき》をかいくぐり、件《くだん》の休憩所《ガゼボ》に到着《とうちゃく》すると地下室へ滑《すべ》り込《こ》んだ。

突然《とつぜん》現れたジゼルとローガンに、読書をしていたラトレルは身構えた。

「危ないからここには来ないでほしいと言ったはずですが……」

ローガンは女王の部屋から出てきた鍵《かぎ》を取り出すと、ラトレルが閉じ込められている柵《さく》の錠《じょう》に差し込む。……カチン、という音とともに錠が外れて扉《とびら》が開いた。

「どうしてあなたが鍵を⁉」

「シャロンは、殺された」

ローガンが渋《しぶ》い顔で伝えると、ラトレルは緑色の瞳《ひとみ》に驚愕《きょうがく》を浮かべる。

「……シャロンの存在と、お前がここから出ないことには、なにか関係があるのか？」

ラトレルはしばらく沈黙《ちんもく》を重ねる。ずいぶんと経《た》って息を吐くと、コクリと頷《うなず》いた。

「僕は、先王の血を引いていない、いわば『取《と》り替《か》え子《こ》』……そしてシャロンは、実の妹です」

突然の告白に、ジゼルとローガンは声も出せずに固まった。

ラトレルはその一言を皮切りに、堰《せき》を切《き》ったように話し始める。

「物心ついた頃から、不思議に思っていました。僕の見た目は父にも母にも似ていない。ですが、継承権を持つ王子だと育てられました。そんな時、声が出せないというシャロンが下働きとしてやってきて……彼女を見るたびに、どことなく懐《なつ》かしい気持ちがしていたのです」

読み書きの練習を理由に仲良くなったシャロンから、ラトレルは彼女の亡くなった母親がいまわの際《きわ》に漏《も》らしたという言葉の内容を聞いて衝撃《しょうげき》を受けた。

「〝あなたのお兄ちゃんは、王宮のどこかにいるかもしれない〟」

「シャロンの母親は、お前を連れ去ったのが王家の人間だと気づいていたってことか⁉」

「赤《あか》ん坊《ぼう》の僕がさらわれた時、代価だと金貨を投げつけた者の巾着《きんちゃく》に、大貴族らしき紋《もん》章《しょう》が入っていたのを見たのだと。それで僕とシャロンが実の兄妹《きょうだい》で、ウェアム妃とは血の繫がりなどないということを直感しました」

そこでジゼルは疑問に思っていたことを口にする。

「……なぜ、あなたが殿下の身代わりにされたんですか？」

ラトレルは自身の瞳を指さした。

――シャロンと同じ、さらに言えばウェアムと同じ色の瞳……。

「調べたところ、この国では大人になっても緑色の目に金髪《きんぱつ》の人間は、とても珍《めずら》しいそうです」

子どもの時は金髪でも、大人になると茶髪《ちゃぱつ》に変わることは多い。さらに、緑色の瞳も、年齢とともに変化してしまうこともある。

「ウェアム妃は、正妃《せいひ》である女王陛下に負けたくなかったのか、陛下よりも先に王子を生むことにこだわっていたようです」

そして願いは叶《かな》って念願の男の子が生まれた。

「しかし、せっかく生まれた赤ん坊は死産でした。シャロンと僕の本当の両親はそろって緑色の瞳に金髪だったので、もしもの時のための替え玉にと目をつけていたのでしょう。そうして僕は、死んでしまった本当の王子の身代わりとなった……」

ローガンがやるせないというように深くため息を吐《つ》くと、ラトレルは悔《くや》しそうに奥歯《おくば》を噛《か》んだ。

「ウェアム妃は僕を即位《そくい》させて傀儡《かいらい》にし、裏で国の実権を握《にぎ》るつもりです」

偽物《にせもの》だと知られれば、もちろん彼が即位することはできない。こんなことがわかれば、ウェアムもただではすまされない。

「彼女の目的を知り、どうにかして止めようと自分の出自を公表しようとしました。国民を騙《だま》し、本当の家族を置き去りにして暮らすなど……僕には耐《た》えられない」

しかし、ラトレルが告発するより先に、ウェアムは彼を監禁して秘密が公《おおやけ》になることを阻止《そし》した。

「そのうえ、僕の起こした行動が原因で、ウェアム妃にシャロンが僕の妹であると気づかれてしまいました。それで、おとなしくしないと彼女を殺すと脅《おど》されて……」

「シャロンは、そのことを……？」

ジゼルの問いかけに、ラトレルは首を横に振《ふ》る。

「シャロンは僕を監禁した犯人がウェアム妃であることも、自分と血が繋《つな》がっていることも……おそらく知りません。ただ脅されて、僕の世話をさせられていただけです」

「ウェアムは女王にシャロンを雇《やと》うように口利《くちき》きした。そして、彼女を気にかけるふりをしながら、本当は女王の動向を探《さぐ》っていたに違いない」

ローガンの推測にラトレルが頷いた。シャロンだけが解雇《かいこ》されず、今まで無事でいたということの合点《がてん》がいく。

彼女はただただ、振り回されて利用されただけだったのだ。

「……シャロンを殺さないと約束したのに……」

ラトレルが地下に居続ける理由は、実の妹の命を守るためだったのだ。

「ウェアム妃は、ずるがしこい人です。女王陛下を殺すことも、退位《たいい》に追いやることも同時に画策《かくさく》していますから……」

「連続不審死を企《くわだ》て、女王を犯人に見せかけていたのもウェアムってことか」

ローガンの言《げん》に、ラトレルは頷く。

「もしかして、『交流会が無事に終わるといい』って言ってたのは、なにか陛下に不利になるようなことをもくろんでいるとか……？」

意味深に微笑《ほほえ》まれた時のことを思い出して、ジゼルの背中が恐怖《きょうふ》で粟立《あわだ》つ。

「交流会で女王を失脚させるつもりならまずいな……急がないと」

ローガンの呟《つぶや》きを聞くなり、ラトレルの握りしめたこぶしが、怒《いか》りで震《ふる》え始めた。

「よくも僕の妹を……許せない！」

深く呼吸を繰《く》り返《かえ》しながら落ち着こうとするのだが、彼の怒りは収《おさ》まらない。

シャロンのためにラトレルは地下におとなしく閉じこもっていたのだ。それなのに、ためらいもなく妹の命をウェアムは奪《うば》った。自分が守っていた人を殺された悲しみは計り知れない。

涙《なみだ》がラトレルの頬《ほお》を伝い始める。

「なら、シャロンのためにもここを出て証言台に立ってくれ」

ローガンの提案にジゼルは慌《あわ》てた。

「でも、そんなことをしたら、ラトレル殿下は自らの正体を白日《はくじつ》の下《もと》にさらすことになる。国中が騒《さわ》ぎになるし、どんな処遇《しょぐう》が待っているか……」

ラトレルが証言台に立つということは、出自を偽《いつわ》っていた責を彼自身に負《お》わせることになる。それはきっと、性別を偽称《ぎしょう》しているジゼルよりも重い罰《ばつ》が与《あた》えられるはずだ。

「なにかほかに方法が……」

「——僕は、証言台に立つ」

別の手段を考えていたジゼルは、その決意を聞くなり顔を上げる。ラトレルは今までにないほど激しい感情を込《こ》めた瞳でジゼルとローガンを射貫《いぬ》いた。

「すべて証言する。彼女の無念は、僕が晴らしてみせる……!!」

そこには、王子としてのラトレルではなく、シャロンの兄としての姿があった。

ラトレルは長い間地下にいたため、視界が光に慣れないということで連れ出せなかった。医師たちに看《み》てもらってからのほうが良《い》いと判断し、ひとまずの場に残してきた。

「とにかくカヴァネルに伝えて、事実を公表する準備をする！」

駆《か》け出《だ》すようにして二人が向かった先は執務室《しつむしつ》だ。

「ラトレルが証言してくれるなら、やっとこれで真犯人を……ウェアムを追《お》い詰《つ》められる。急ぐぞ！」

しかしジゼルは、ラトレルが罪に問われるのではないかと思うと気が気ではなかった。国民を騙《だま》しているのは、自分も同じだ。できれば無事にと願わずにはいられない。

「ラトレル殿下は……証言したあとどうなっちゃうの？」

「心配するな。絶対にあいつも助ける」

ローガンに自信たっぷりに信じてくれと言われて、ジゼルは頷く。

冷静に考えれば一介《いっかい》の従者にどうにかできる問題ではないのだが、なぜかローガンが言うと本当に大丈夫《だいじょうぶ》に思えてくるから不思議だ。

ジゼルはローガンの背中に向けて、「お願いね」と小声で囁《ささや》いた。

ラトレルの話によって、ウェアムの犯行動機は明らかになった。

――しかし、未《いま》だ不審死の証拠が摑《つか》めない。

ウェアムは、毒物をどうやって王宮内の人々に摂取させていたのだろう。女王の部屋と同じ塗料は、被害者たちの部屋にまで使われていたわけではないのだから。

「ボラボラ商会と組んでいたなら、商会から購入したものの中に『殺害した道具』があるかもしれないってことだよね？」

「逆にあの中にしか証拠がないと考えれば、必然的に凶器《きょうき》は絞れる……そうか！」

「もしかして、ローガンはもう見当がついているの……？」

王妃《おうひ》たちの購入備品を確認《かくにん》していたのはローガンだ。目端《めはし》が利《き》く彼なら、おかしな点を見逃《みのが》すはずがない。ジゼルが見上げると、確信に満ちたローガンの横顔が見えた。

「ああ。ウェアムがよく購入していた――……」

その時。多くの足音がばらばらと近づいてくるのが聞こえてきた。

衛兵たちはジゼルを見るなり一直線にこちらへ駆《か》け寄《よ》ってきて、あっという間にぐるりと二人を取り囲んだ。

突然の出来事にジゼルがおろおろしていると、ローガンはジゼルを背中の後ろに隠す。

「ローガン様。ジェラルド・リューグナーの身柄《みがら》をこちらへ。彼には逮捕状《たいほじょう》が出ています」

（えっ⁉　なに、どういうこと……⁉）

逮捕状を見せてみろとローガンが怪訝《けげん》な顔で言うと、兵の一人が書類を渡《わた》す。

「……『自らが描いた模写作品を本物と称《しょう》し販売《はんばい》し、不当な利益を得ていた――』だと？」

ジゼルからすれば、まったく身に覚えのない話だった。自分が描いた模写はきちんと家に保管してあり、一枚も売った記憶《きおく》はない。

「ボラボラ商会の筆頭殿《ひっとうどの》から、取引証文がいくつも証拠品として出されています」

それを聞いた瞬間、ローガンは小さく舌打ちした。

（なんでボラボラの名前が？　彼らと売買なんて、私は一切《いっさい》していない）

ジゼルは恐怖に全身が震えそうになるのを必死で堪《こら》える。

「取引証文が、ジェラルドのものだという証拠があるのか？」

「はい。リューグナー本人のサイン入りだそうです」

「……ローガン、私じゃない。やってない!!」

怯《おび》えながら訴《うった》えると、ローガンは振り向いてジゼルの両肩《りょうかた》を摑《つか》んだ。

「そんなことはわかってる。事を荒立《あらだ》てるとあとあと不利になりかねない」

ローガンの声は冷静だが、表情には怒りがみなぎっていた。

「とにかく黙秘《もくひ》しろ。下手《へた》なことを言うな」

頷くと、ローガンが安心させるようにジゼルの頰を撫《な》でてくれる。

「提出されたものは絶対に偽造《ぎぞう》だ。それを証明する必要がある……くそ、このタイミングで最悪だな」

「……だけど、私の署名の原本をボラボラ商会が入手しなければ、そもそも偽造なんてできないはずじゃ……？」

考えていると、衛兵たちに囲まれている自分を廊下の奥から愉快《ゆかい》そうに眺《なが》めるウェアムの姿が見えた。

ジゼルと視線が合うと、ウェアムはニッと目を細める。その姿に、一瞬にしてジゼルの頭が冴《さ》えた。

「……――ローガン、ボラボラ商会とウェアム妃は共犯で間違いないよね？」

「ああ。確証はないが」

「署名の偽造のからくり、たぶんわかった。ローガンお願い。私が今まで描いた絵や書類を、ひとつ残らずとにかく全部持ってきてほしい……契約書《けいやくしょ》もなにもかも全部！」

ジゼルはローガンに飛びつくように身を乗り出した。

「ウェアム妃とボラボラ商会の繋がりは、それで証明できる！」

「ひとつ残らずだな、わかった。――ということは、ウェアムの罪も暴《あば》けるってことか？

……願ってもないチャンスだ！」

ローガンが口元をほころばせたが、ジゼルは首を横へ振った。

「共犯と証明はできるけど、殺害方法はわからないままだよ？」

「そっちは俺に任せろ。必ずあいつを追い詰めてやる」

　ジゼルが見上げると、ローガンはいつもの勝気な笑顔《えがお》で微笑んだ。

「……急がないと、絵も押収《おうしゅう》されたら手が出せなくなるな」

「ローガン行って。間に合わなくなる」

「必ず助けにいく。信じて待っていてくれ」

「うん……」

　首肯《しゅこう》するや否《いな》や、ローガンは衛兵たちに気づかれないようにすっとジゼルに顔を寄せてくる。なんだろうと思う間もなく、額にローガンの唇《くちびる》が当たったと気づき、ジゼルの血が沸騰《ふっとう》した。

「ちょっ……ローガンっっっっ！」

「黙秘できなかったら、唇にするからな」

　口元に悪戯《いたずら》っぽい笑みを乗せて、ローガンは急ぎ足で去っていく。

（なんでさらっとこういうことできちゃうのっ⁉　しかも今⁉）

　しかし、今の一瞬で恐怖がすっ飛んだ。まさか、緊張《きんちょう》を和《やわ》らげるために？　と考えたが、もしそうだとしたら彼の思うつぼで、頭の中がローガンのことでいっぱいになる。

　熱を持つ額を押さえながら、ジゼルは腹を括《くく》った。

（大丈夫。ローガンを信じて待とう……！）

目の前のことに立ち向かおうと、ジゼルは衛兵たちに追い立てられても、背筋を伸《の》ばして堂々と歩いた。

「――カヴァネル!!」

怒声《どせい》交《ま》じりに執務室《しつむしつ》の扉を開けると、ローガンの勢いにカヴァネルが驚《おどろ》いた顔をした。

ローガンの両手には、ジゼルが描いたデッサンだけでなく、彼女の所持品《しょじひん》までもが大量に抱《かか》えられている。

「ジェラルドが捕《つか》まった。早く助けないと……！」

「ええ。その件についてお話しします。まずは落ち着いてください」

カヴァネルは、荷物を置いてローガンにも座るようソファーを指し示した。

「私も、女王陛下にどういうことか説明しろと呼び出されて、今戻《もど》ってきたところです」

「だったら話は早い。さっさと釈放《しゃくほう》の手続きを……」

「もう終わりました。が、救出《きゅうしゅつ》にはある程度時間がかかります」

「なんでだよっ！」

「この国の体制は古いですからねぇ」

ローガンは、ソファーの肘掛《ひじか》けに叩《たた》きつけそうになったこぶしを止め、髪《かみ》の毛《け》をガシガシとかきむしった。

「……あいつが疑われるなんておかしすぎるだろ！」

「ええ。まさかこんな事態になるとは思ってもみなかったですね。面目次第《めんぼくしだい》もありません。手っ取り早いのは、彼の無実を証明することですが」

「そのことだが、ジェラルドに、契約書も含めて自分が王宮で書いた文書をすべて持ってくるようにと言われた」

カヴァネルはすぐに立ち上がり、ジゼルが王宮で今まで交《か》わした書類を集める。

「ということは、ジェラルド殿は『書類』が事件を解く鍵だと確信しているということですね」

「ああ。それがウェアムとボラボラ商会が共犯だという証拠だと言っていた」

「ですが、共犯と証明できたとしても、はたして冤罪《えんざい》を晴らす証拠になり得るのでしょうか……」

「だから元凶《げんきょう》であるウェアムを追い詰めて、白状させるしかない」

そうするには確固たる決め手がないと、とカヴァネルが難しい顔をしたところ、ローガンが確信的に告げる。

「殺人の証拠はある。だから……絶対にジェラルドを助ける」

「わかりました。このあと、ジェラルド殿の審理《しんり》を行います。ローガンも証言台に立つ準備を」

「頼《たの》む。それから、ラトレルは偽物だった。あいつは王族の血を引いていない。しかも、ラトレルとシャロンは兄妹だったんだ」

いつも落《お》ち着《つ》き払《はら》っているカヴァネルが、この時ばかりは目を見開いた。

「……ウェアムはすべてわかっていて兄妹を利用し、さらにはもくろみの証拠になる恐《おそ》れがあるシャロンを殺害した。ラトレルには、ウェアムの犯行を告発してもらう。本人もそのつもりだ」

完結にまとめられたローガンの報告に、カヴァネルは衝撃を隠しきれないようだ。

「まさか、ラトレル殿下が、王家の血を引いていなかったとは……これは、一大事件です……」

「このままじゃ、王族に関係のない国民が罪を着せられることになるぞ」

しばし目をつぶって考え込んだカヴァネルに向かって、ローガンが口を開く。

「時間がない。ジェラルドの無実を証明し、その上でウェアムに罪を認めさせ……王族のばかげた問題に決着をつける。これ以上、悲しむ国民が増えるのは勘弁《かんべん》だ」

カヴァネルが弾《はじ》かれたように顔を上げ、ローガンをまじまじと見つめた。

「あなたが王族の問題を解決したいと言い出すとは……」

「いい加減、俺も逃《に》げないと決めた……なんでもやる」

「……ローガン。あなたがその気になってくれるのを、ずっと待っていました」

カヴァネルは、準備はできていますから、とにっこり笑った。

「すぐに審判《しんぱん》の手続きをします。ジェラルド殿とラトレル殿下にも証言台に立ってもらいましょう」


兵たちに囲まれてジゼルが連れられた先は、朝議で使われる会議室だった。

中には大臣たちだけでなく、怖そうな顔をした審問官《しんもんかん》とボラボラ商会の筆頭がおり、憎々《にくにく》しげにジゼルを睨《にら》みつけてくる。おそらくウェアム派閥《はばつ》と思われる面々だろう。

座るように指示されてジゼルが腰《こし》を下ろすと、蟻《あり》の這《は》い出《で》る隙《すき》もないくらいぴっちりと扉が閉められてしまう。

それからが、ジゼルにとっての針《はり》の筵《むしろ》だった。かれこれ一時間近く、ジゼルに不利な糾問《きゅうもん》が繰り返されている。しかしローガンに言われた通り、ジゼルは黙秘を続けた。

一つとして答えないジゼルに苛立《いらだ》ったのか、審問官は証拠品を持ってくるように指示し、キャンバスを叩きつけるようにジゼルの前に置く。

家の物置に保管していたはずの、有名作品を模写した絵画だ。すべてジゼルが描いたものに間違いはない。

（えっ、嘘《うそ》……!?）

「天才画家とは聞いて呆《あき》れる。贋作《がんさく》を描いて売りさばいていたとはな！　ボラボラ商会が告発しなかったら、被害《ひがい》に遭《あ》う者がどれほどいたことか」

――ボラボラ商会に嵌《は》められた。

筆頭に相当恨《うら》みを持たれたのは知っていたが、まさかこれほどまでとは。

贋《にせ》ファミルー騒ぎの直後、商会の倉庫に運び込まれている絵があるとローガンが言っていたが、今思えばそれはジゼルの作品だったのだろう。

しかし、こんなことをされたからといって、宮廷《きゅうてい》に入ったことを後悔《こうかい》するつもりはない。ジゼルはローガンが来るまで耐えなくちゃと自分に言い聞かせる。

なにもやましいことはしていないと毅然《きぜん》とした態度で口を引き結んだままでいると、扉が開きウェアムが入ってきた。

「わたくしも、見物させてちょうだい」

ウェアムは仰々《ぎょうぎょう》しい仕草で、一段高い所にあった椅子《いす》に腰掛けてジゼルを見下ろした。

ジゼルはキッと睨み返す。

（いくら側妃《そくひ》様でも、こんなこと許されない……人の命や人生をなんだと思っている

の⁉）

ジゼルの内心を知ってか知らずか、ウェアムは「続けて」と審問官たちを促《うなが》した。間違いなく

「お前は、これらの作品を本物と偽って、ボラボラ商会に高額で売りつけた。詐欺罪《さぎざい》に値《あたい》する」

「ボラボラ商会の証言によると、『天才少年画家』であるお前のことを信じて購入してしまったが……あとからしっかり鑑定《かんてい》をしたら、真っ赤な贋物《にせもの》だとわかったということだ」

「善良な国民を騙して金儲《かねもう》けをするなんて、卑《いや》しいな」

方々から糾弾《きゅうだん》され、ジゼルは怒りを抑《おさ》え込《こ》むことしかできない。

（絶対になにもしゃべっちゃダメだ……でも、やってないって叫《さけ》びたい！）

「いつまで黙《だま》っているつもりだ。これが、まぎれもない証拠の取引証文だ！」

机の上に数十枚の紙束が置かれる。ジゼルは出されたそれを確認した。

（………やっぱり！　偽物だ‼）

我慢《がまん》できずに声を発しようとしたが、いきなり審問官の手がジゼルの胸《むな》ぐらを掴んだ。

「いい加減、口を割ったらどうだっ！」

（まずいっ！　服を引っ張られたら女だってバレる……‼）

さらに締《し》め上《あ》げられそうになってジゼルは悲鳴を呑み込み、身体《からだ》を硬くする。と同時に外が騒がしくなって怒声が耳に飛び込んできた。

みんながそちらに気を取られた時、ものすごい勢いで扉が開いた。

「……ローガン⁉」

いきなり現れたローガンに、審問官も大臣たちも目を白黒させる。そんな彼らを意《い》に介《かい》さず、ローガンは胸ぐらを摑まれて苦しそうにあえぐジゼルの姿を見るなり怒鳴《どな》った。

「お前！　なに勝手にジェラルドに触《さわ》ってやがる‼」

ローガンは審問官の腕《うで》をひねり上げ、ジゼルを解《と》き放《はな》つ。

「ローガン、ジェラルド殿！」

今度はカヴァネルが会議室に駆け込んできて、騒がしくなった場を鎮《しず》めるようにパンパンと大きく手を叩いた。

「……私の許可なく、いつの間にジェラルド殿の審判が行われることになったのですか？　私的制裁は法に触《ふ》れますよ、皆《みな》さん」

わかっていますよね、と低い声で宰相《さいしょう》に念を押されると、今度は大臣たちのほうが押し黙った。気まずい沈黙が流れたのちに、ほかの大臣たちが遅《おく》れて入ってくる。

「……まあいいです。幸いにも必要な顔ぶれがそろいましたから、この場を借りて今すぐに開廷《かいてい》します」

有無《うむ》を言わさぬカヴァネルの低い声が、反撃《はんげき》の合図だ。そして彼は、すべての手続きを強硬手段《きょうこうしゅだん》ですっ飛ばして場を裁《さば》きの庭《にわ》にしてしまった。

気が抜《ぬ》けたジゼルの肩《かた》に、大きな手がそっと乗せられる。

「……ローガン……」

「一人でよく頑張《がんば》れたな」

褒《ほ》められたのは嬉《うれ》しかったのに、ジゼルはうなだれた。絶対に来てくれると信じていたけれど、ありもしない罪を押しつけられるのは想像以上につらかった。

泣きそうになっていると、ローガンに指先で頬をつつかれる。

「黙秘できた褒美《ほうび》にキスしてやる」

「いっ、今⁉」

「冗談《じょうだん》だよ。でも、元気出ただろ？　ここからが勝負だ。ウェアムとボラボラの繋がりをきっちり暴いてくれ」

ローガンは励《はげ》ますようにジゼルの肩に置いた手に力を込める。

「頼まれたものはすべてそろえた。絶対に大丈夫だから俺を信じろ。シャロンの無念を晴らすぞ」

ジゼルはローガンの真面目な顔を見ると、うんと頷いた。

――シャロンの仇《あだ》はうつ。

このまま、ウェアムをのさばらせるわけにはいかないのだ。

「……では、これよりジェラルド・リューグナー詐欺罪の審判を始めます」

準備を整えたカヴァネルが、正式な裁判の開始を告げた。

異議があれば訂正《ていせい》するようにと言われ、ジゼルは読み上げられた罪状を真っ向から否定した。

「事実ではありません。今ここに出されている証拠こそが、そもそも偽造されたものです」

ジゼルは先ほどの審問官がジゼルの前に叩きつけた『取引証文』を指さす。

「それは、私の署名を似せて作られたものです」

ジゼルは偽造品だということを証明するため、卓上《たくじょう》にあった紙とペンを貸してほしいとカヴァネルに告げる。

了承《りょうしょう》を得るなりジゼルは右手でサインを書き、周囲に見えるように机の中央に提出する。進行役のカヴァネルが問う。

「署名は二つとも同じに見えます。これが偽物という証拠にはなりかねますが……」

「しかし私は通常、右手でサインを書きません。契約書など大事な書面には、こちらの手で書きます」

見ている前で、ジゼルはペンを持《も》ち替《か》えると今度は左手でサインを書く。書き終わった時に、ローガンは、ジゼルが王宮に来てから交《か》わしたいくつもの契約書を広げてみせた。

——すべて、たった今ジゼルが左手で書いたものと同じ筆致《ひっち》だ。

壇上《だんじょう》にいたウェアムが一瞬目を見開く。

「なるほど。では、ボラボラ商会は、ジェラルド殿の右手で書かれたサインを一体どこで入手したのでしょうか？」

近くにいたボラボラ商会の筆頭にカヴァネルが質問するが、彼は肩を震わせたあと口をつぐんでしまった。

「カヴァネル宰相。実は、私が右手でサインしたことが、一度だけあります……それがこの時。ウェアム妃の肖像画制作の依頼《いらい》を受けた際の契約書です」

インクをべったりと左手につけてしまった時に、やむなく反対の手で署名をしたのだ。

「本来私は左利《ひだりき》きなので左手でしか署名をしません。唯一《ゆいいつ》、右手で署名したのはこちらの書類だけです」

「たしかに、その場に私もいたので覚えていますから、間違いないです。ではなぜ、このサインがボラボラ商会の証拠品としてここにあるのでしょう？」

「……それは、ウェアム妃が私の右手で書いたサイン入りの契約書を持ち出して、商会に貸したからではないでしょうか？」

場内の視線が一気にウェアムに集まる。だが彼女は涼《すず》しい顔をしたままだ。

「だとしても、ウェアム妃が、ボラボラ商会にジェラルド殿のサインを提供する趣意《しゅい》がわかりません。思い当たる理由はありますか？」

「ウェアム妃はおそらく、筆頭殿が私に恨みを抱いているのを知り、自分の計画に利用しようとしたんだと思います」

ジゼルは一言一言ゆっくり言葉を紡《つむ》ぎ出《だ》した。

「交流会まで時間がない今、画家の変更《へんこう》は不可能なため、女王陛下に私の罪を隠《いん》ぺいさせるよう仕向けるつもりだったのでしょう。その上で不正だと言い立て陛下の顔に泥《どろ》を塗《ぬ》り、失脚《しっきゃく》させる材料にするつもりだったのかと……」

沈黙を続けていたウェアムは、姿勢を正すと不快そうに眉根《まゆね》を寄せて口を開いた。

「言いがかりよ。なんでそんなことをして女王陛下を追い落とそうとするの？」

「──ラトレルを即位させ、国の実権を握ろうとしていたからだろ」

嘴《くちばし》を入れてきたローガンに、ウェアムはますます眉間にしわを寄せる。

「そんなことできるわけないでしょう」

「しらばっくれるなよ、女王を毒殺しようとしていたくせに」

いったいなんのことだと周囲がざわつくのと同時に、ウェアムが険《けん》のある目つきになる。

どうやって？　と傍聴《ぼうちょう》していた人々が発する疑問に、ジゼルが言い放った。

「……壁の塗料です」

「壁の塗料で、わたくしがどうやって陛下を殺せるというの？」

ウェアムに同意するように皆の視線がジゼルに集中する。

「ウェアム妃は、シャロンという侍女《じじょ》を介《かい》して、病弱なジェフリー殿下のお部屋の気分転《きぶんてん》換《かん》に最適だと、とある塗料を勧《すす》めました。この塗料を長い期間吸い込むと、皮膚の変色や貧血、吐き気などの症状が身体《からだ》に現れます。元々病弱だったジェフリー殿下がますます悪化したのに加え、女王陛下も現在その症状に苦しまれています。陛下は不調に気づかれまいと、厚く化粧《けしょう》を施《ほどこ》し、お顔を隠されるようになったと思われます」

「シャロンは話せない。だから当時の詳細《しょうさい》……ウェアムが塗料を推《お》したことと、それは国内では多量に調達《ちょうたつ》できないということ……これらを記した彼女のメモが、購入備品の記録に残されている。そしてもちろん、塗料の発注先は輸入しているボラボラ商会だ」

ローガンが取り出した購入備品の記録には、シャロンのメモが丁寧《ていねい》に貼《は》られていた。ジゼルは口を開く。

「王族には必ず毒見がつき、危険物の混入は不可能……だからウェアム妃はこのような方法で危害を加えることを思いついたんだと思います」

「……わたくしは、ただ女王陛下とジェフリー殿下が健《すこ》やかに過ごせるようにと願って、流行《はや》りの色と塗料の入手先を教えてあげただけよ」

いけしゃあしゃあとしたウェアムの物言いに、なにかの間違いではないかと、周囲の困《こん》惑《わく》が広がっていく。空気を察してカヴァネルがジゼルを追及《ついきゅう》する。

「壁の塗料だけではウェアム妃が女王陛下を害そうとしていた証拠としては不十分ですね。ほかにもそう思える根拠があるのでしょうか？」

「王宮内で起きた謎《なぞ》の連続不審死事件。ウェアム妃は、女王陛下にその罪をなすりつけようとしていました」

ジゼルが言い切ると驚きの声が上がってくる。カヴァネルが「静粛《せいしゅく》に」と手を叩いた。

「ジェラルド殿。それでは連続不審死事件の犯人がウェアム妃だと言っているようなものです。どうやって彼女に犯行ができるのでしょう？」

カヴァネルの冷静な問答に、ウェアムは口元を緩《ゆる》ませた。

「宰相の言う通りよ、どうやったらわたくしが人を殺せるの？」

「――虫除《むしよ》けの殺虫剤《さっちゅうざい》だ」

ローガンの断言に、ウェアムは初めて動揺を見せた。

「……それは、虫を寄せつけなくするものでしょう？」

「虫を殺せる。つまりは、分量を変えれば人にも有害になるってことだろ」

会場はひっきりなしにざわついたままだ。共犯者と言われたボラボラ商会の筆頭も、顔色を青くしながら汗《あせ》を額にびっしょりかいている。

「人を殺す道具として入手しているとは思わないから、誰も気づかなかったんだ」

それは、ジゼルが説明した、絵の具が人を殺す道具になる話と一緒《いっしょ》だ。

殺虫剤を飲ませることができれば、力のない女性でも簡単に人を殺害できる道具になり得《う》る。

「だとしても、殺虫剤をどうやって人に飲ませるというの？」

ウェアムの反論《はんろん》にジゼルはたしかにと思って、横にいるローガンを見つめた。ローガンはいつものように勝気な笑みを口元に乗せる。

「飲み物に混ぜて飲ませたんだよ」

静まった部屋で、ローガンの声はよく響《ひび》いた。

「あんたは舶来《はくらい》の酒や飲み物を山ほどボラボラから購入している。仕入れたそれらの中に、殺虫剤を入れて飲ませたんだ。無味無臭《むみむしゅう》だから、たとえどんだけ入れられようと気がつかない」

「で、でも開封《かいふう》したものなんて王宮の人々は飲食しないわ。もしそれを飲んで死んだのだとしたら、元々毒入りのはず。となればボラボラ商会が怪しいのではなくて？」

ウェアムは動揺しているのか、瞬《まばた》きを繰り返す。

「開封せずとも、新品と見せかけて毒を混入する方法があるだろ」

「そんなことできるわけ――」

「できる」

ローガンが今までジゼルが描いたデッサンの山から、ウェアムの私室の絵を引っ張り出して卓上に並べた。

「スポイトと一緒に並べてあるこれは、注射器だ」

「そっか！　てっきり香水《こうすい》を入れ替えるのに使っているんだと思っていたけど……注射器と針で飲み物の蓋《ふた》の隙間《すきま》から殺虫剤を入れていたんだ！」

ジゼルの納得《なっとく》に、ローガンが頷く。

「大方の飲み物はコルクで栓《せん》をして、その上から蝋《ろう》で固めてある。蝋を剝《は》がしてから細い針をコルクに通して殺虫剤を流し込み……再度、蝋を溶《と》かして蓋をすれば見た目は新品と変わりない」

作用するかは、解雇する人々に飲ませて確かめればいい。

「立場が上の人間に言われたら、どんなものでも侍女や下働きは飲むしかない」

これが、次々と王宮内で起きた連続不審死の真相だ。

「……だとしても、そもそも、わたくしがやったという証拠はあるの？」

「城壁脇《じょうへきわき》の植《う》え込《こ》みに、ここに描かれているのと同じ植物の枯死《こし》したものが捨てられていた。調べればすぐに、お前の部屋で育てていた鉢植えの中身だとわかるはずだ」

追い打ちをかけるように、ローガンが朽《く》ちた木の枝を出した。

「庭師に訊いたら、自分たちが植えたものではないので、誰かが廃棄《はいき》したのではないかと答えた。枯れた原因は殺虫剤のやりすぎだろうと」

思い返せば、ウェアムの部屋の窓際《まどぎわ》の植物は日当たりもよいのにしおれていた。

「これが捨てられてから、餌付《えづ》けしていた猫《ねこ》が来なくなったんだよ。それに、土ごと一掃されたせいで、周りの雑草までやられていた」

ジゼルはローガンが猫に噛みつかれていたのを覚えている。嗅覚《きゅうかく》が鋭《するど》い猫であれば、人にはわからないにおいに気づいて危険な場所に寄りつかなくなるのは当然だ。

「毒入り飲料の残りを私室の植物の土にしみ込ませることで、証拠を残さないようにしていたのですね。証拠隠滅《しょうこいんめつ》が、動かぬ証拠というわけですか」

カヴァネルはなるほど、と頷く。

「……そんなの、証拠でもなんでもないわ！」

「じゃあんたがこれを飲んでみろよ」

ローガンが桃色《ももいろ》の液体が入った小瓶《こびん》を取り出し、ウェアムに放り投げる。

「え⁉ 私がウェアム妃から貰《もら》った恋《こい》の薬……！」

ジゼルが猫に嫌《きら》われた様子のローガンをからかった時に、取り上げられたままとなっていた。捨てられたと思っていたのだが、まさかずっとローガンが持っていたとは。

「飲めるだろ、ただの恋に効く薬なら？」

ウェアムは額にびっしょりと汗をかきながら、小瓶を握った手を震わせ始める。

「……飲めないよな？　俺を殺すために毒を入れたんだから」

「えっ⁉　ウェアム妃はローガンのことも殺そうとしていたの⁉」

ローガンの言にジゼルは驚いた。

「だからわざわざジェラルドに渡したんだ。俺に気のある侍女たちに配ったりもしていただろうが」

ローガンがニヤリと笑うと、ウェアムは思い切り睨み返してきた。

「時間がかかったが、やっと中身を突き止めた。あんたはそうやって、様々な飲料に殺虫剤を混ぜて飲ませていたんだ。それも、わざと自分に近い人間にな」

カヴァネルが首を縦に振る。

「宮廷内で亡くなった人や体調不良を訴えた人は、ウェアム妃に近しい人が多かった。あえて自らの陣営《じんえい》の人々を手にかけ、女王陛下が犯人であるとにおわせたのですね」

皆の視線を集めたウェアムは、血が滲むほど唇を噛む。

「飲めないってことが、つまり毒入りの証拠だ」

「具合が悪くなればよかっただけなのよ！　まさか、死んでしまうなんて思わないでしょう⁉　……こんなものっ！」

放り投げようとした彼女の手を押さえつけて、ローガンは小瓶を奪《うば》い取《と》る。

「玉座も国の統治も、ラトレルとわたくしにこそふさわしいはずよ！」

ウェアムの形相《ぎょうそう》がみるみる凶悪《きょうあく》に変化した。

とその時、後方でどよめきが沸《わ》き起《お》こった。全員の視線が会議室の扉に固定される。

「——っ！　なんで、出てこられたの……!?」

ウェアムが殺気立つと、ローガンはとある物を取り出して指の先でくるりと回した。それは、ラトレルを地下に繋《つな》ぎとめていた錠の鍵だ。

「ボラボラ商会から仕入れた絵を、健康のご加護がある絵だと嘯《うそぶ》き、この地下室の鍵を仕込んで女王の部屋に飾《かざ》らせたんだろ？　……ここぞという時に女王がラトレルを監禁したって証拠に見せかけるためにな」

そこに王宮医に連れられた長い金髪の人物……ラトレルが入ってくる。

「母上……いや、ウェアム妃。僕は許さない、シャロンを殺したこと……僕たち家族からすべてを奪ったことを」

王宮医たちの介添《かいぞ》えで立っているラトレルの姿は、怒りに燃えている。光を遮断《しゃだん》するために目隠《めかく》しをあてがわれているが、布越《ぬのご》しでもわかる鋭い視線と気迫がウェアムに向けられていた。

「皆さんの前で事実を話します。僕は、先王と血が——」

「……やめなさいっ!!　それ以上言ったら……!!」

ラトレルが口を開こうとするのを、ウェアムの金切《かなき》り声《ごえ》が止める。

「ウェアム妃が僕を地下に監禁していたのは事実です！　女王陛下を犯人に仕立て上げ、

退位に追い込み、国の実権を握り自分の好きなように操《あやつ》るために！」

　ウェアムに犯人の疑いがかからなかったのは、息子が行方不明になっていたからだ。誰も、自らの息子を殺害したり監禁しているとは思わず、盲点《もうてん》になっていた。

「わたくしたちが政権を握るには、そうするしか手段はないの。ラトレル、あなたにわからないはずないでしょう？」

　ウェアムの瞳には、どす黒い感情が渦巻《うずま》いていた。

「……王妃になるために生まれ、そして王妃になったら今度は格下だと言われて蔑《さげす》まれる。息子が玉座《ぎょくざ》に就けないのならわたくしは、生まれてきたことさえ無駄《むだ》だと嘲《あざけ》られるだけなのよ！」

　ジゼルは、ハッと思い出した。

　画家になれもしないのに絵がうまくても無駄だと、多くの人たちに言われたことを。商家の娘《むすめ》なら、金勘定《かねかんじょう》の上達や品物の目利《めき》きになるための努力をしろと。

　ジゼルが絵を人に見せるたびに、男性だったらよかったのにと言われたことはいったい何度あっただろうか。社会常識が違っていれば女流画家として生計を立てられるのに、それは努力だけでは決して越《こ》えられない壁だ。

（私と、ちょっと似ているかも……）

　ウェアムも周囲からの言葉に傷つき、自らの力ではどうしようもできない制度や環境《かんきょう》に苦しんでいたのだとわかる。

だから、やっと得られた息子が亡くなった時、きっと絶望したに違いない。本当の第一王子や、その母親の存在が消されたように、王宮を追い出される恐怖を感じていただろう。

(でも、だからといって、やって良《い》いことと悪いことの区別はするべきだよ)

努力でどうにもできないからと、他人の子どもを身代わりにして事実を隠ぺいするのも、ましてや女王やジェフリーを貶《おとし》めるのも筋違《すじちが》いだ。自分の出世と保身《ほしん》のために、他人の人生を巻き込んでいいはずがない。

「わたくしの悔しい気持ちはあなたにだってわかるでしょう、ローガン?」

「……お前と一緒にすんな。それに、罪はいずれ露見《ろけん》したはずだ」

ローガンの言葉を聞くなり、ウェアムは笑い始める。

「しないわ。証拠がないもの。あったとしても、悪い商会にたぶらかされたと言えばすむ話だったのよ……!」

それができなくなったのは、ジゼルの署名を筆頭に貸したからだ。共犯の証拠さえなければ、ウェアムの計画は完璧《かんぺき》に近かったのだ。

怒りに満ちた眼差《まなざ》しを向けられたジゼルは、ぐっと腹に力を入れると一歩彼女に近寄った。殺気を含んだウェアムの視線をものともせず、ジゼルはさらに進み出る。

「女王陛下は、退位を検討しているとおっしゃっていました」

「なに、それ……？」

ウェアムからすれば、その情報は寝耳《ねみみ》に水《みず》だったようだ。

「そんなことを、あのシャリゼが……？」

ジゼルが頷くと、みるみるウェアムの顔から血の気が引いていく。

「それは……つまり……」

「退位して、ジェフリー殿下と共に離宮《りきゅう》で静養したいとのお考えをお持ちです。ですから、派閥争《はばつあらそ》いはすでに決着がついていたんです」

勧められるまま素直《すなお》に塗料を使ったということは、女王とジェフリーはウェアムを疑ってもいなかったのだろう。継承位にこだわっていたのは、ウェアムだけだったのだ。

「そんな、バカなっ！」

「あなたが、こんな愚《おろ》かな計画を考えなければ……ラトレル殿下は玉座に就いていたと思います。本人がそれを望むのかは、別ですが」

たとえそうなったとしても、ラトレルは玉座を望まないだろう。

いずれシャロンと兄妹であることは露見したはずだ。それに、正義感溢《あふ》れる彼なら、自分が王族ではないとわかった時点で玉座を放棄《ほうき》していることは容易に想像がつく。

ウェアムは両手で顔を覆うと、声を上げて泣き始めた。

「……わたくしはもっと必要とされる人間になれるはずだったのに……こんなことになる

なんて!」

髪をかきむしりながら頽《くずお》れる。

ウェアムの有罪が、その後すぐに確定した——。

終章

交流会まであと数日――。

開催《かいさい》を待たずに、今日、ジゼルはこの王宮もとい、ローガンの部屋から退出する。

女王を描《えが》いた肖像画《しょうぞうが》と、ジェフリーの肖像画の二点は無事に完成し、ウェアムが描かれたものは下書きのデッサンも含《ふく》め証拠品《しょうこひん》として没収《ぼっしゅう》になってしまった。

緊急《きんきゅう》で開かれた審判《しんぱん》のあと、ボラボラ商会の筆頭《ひっとう》は大逆罪《たいぎゃくざい》でその場で捕《つか》まり、商会は即刻《そっこく》解散させられた。

書類偽造《しょるいぎぞう》だけでなく、普段《ふだん》からあくどい手口で商売をしていたことなどもローガンが一気に暴露《ばくろ》し、見事に倒産《とうさん》させてしまったのだ。筆頭も役員たちも、今は獄中生活《ごくちゅうせいかつ》を強《し》いられている。

「これで一件落着《いっけんらくちゃく》だね」

「まあ、これからが忙《いそが》しいんだけどな」

「そうだね。ローガンを部屋で見るの久々だもん」

ローガンは長い脚《あし》を組んで書類を見ていたのだが、思い切り半眼でため息を吐《つ》いた。

王宮はとにかく慌《あわ》ただしい。事件の後処理《あとしょり》もさることながら、隣国《りんごく》との交流会の準備に大忙《おおいそが》しだ。ジゼルは、自分の絵が国と女王の役に立ってくれることを心から願うことしかできなかった。

それと同時にウェアムには引き続き厳しい尋問《じんもん》が行われている。

女王を黒幕《くろまく》に見せかけるために殺した犠牲者《ぎせいしゃ》は、数十人を軽く超《こ》え、余罪も数えきれないほどある。かつてラトレルを略取《りゃくしゅ》した協力者やシャロン殺害の実行犯が特定されるのも、時間の問題だろう。

「ねえローガン。ラトレル殿下《でんか》はこれから先どうなるの？」

「あいつは殺すつもりだ」

「えっ⁉」

「表向きの話で、実際本当にそうするわけじゃないが、あいつは消す予定だ」

厳しく締め上げすぎたら、その最中に死んでしまったという形でラトレルを秘密裏《ひみつり》に解放するのだというローガンに、ジゼルは度肝《どぎも》を抜《ぬ》かれた。

「父親と一緒《いっしょ》に、今後は辺境の穏《おだ》やかな農村で過ごしたいってさ」

ジゼルはなるほどと頷《うなず》きつつも、苛酷《かこく》な尋問を行うふりをするローガンは、つくづく損な性格と役回りだと思った。

「そっか……これからは幸せに暮らせるといいね……女王陛下《へいか》たちの様子は？」

現在、王宮医たちが懸命《けんめい》に女王とジェフリーの治療《ちりょう》に当たっている。こちらは思いのほか難航《なんこう》しているというところまでは、ジゼルも知っていた。

ずっと気丈《きじょう》に振《ふ》る舞《ま》い続けていたため、肉体的、精神的な負担が大きく、意外にもジェフリーよりも女王のほうが状態は悪い。ジェフリーの回復を待ちながら、一年後に予定している成人《せいじん》の儀《ぎ》なども含めてどうするかこれから決めていくのだという。

しかし、今回の事件も相まって、宮廷内《きゅうていない》における女王の評価は一変《いっぺん》した。命を削《けず》ってまで国のことを考えていた慈悲深《じひぶか》い統治者として、一気に家臣の信頼《しんらい》を得てしまったのだ。

さらにラトレルについての箝口令《かんこうれい》は、息子《むすこ》を心配するウェアムの不安を、心無い噂話《うわさばなし》で煽《あお》りたくないからだったというのだから、本当に心優《やさ》しい王だ。

「女王陛下が犯人じゃなくて、本当に良かった……」

「あの人が人殺しなんてするわけないからな」

「…………ん!?」

ジゼルは思い切りローガンに詰《つ》め寄《よ》った。

「待ってローガン。なんでいきなりそうなるの？　陛下を疑ってたんじゃなかったっけ？　それに、あの人ってなにその親しげな言い方。どういうこと!?」

ローガンはしまったと言いたそうに眉根《まゆね》を寄せる。

「……もしかして、最初から女王陛下が犯人じゃないって思ってた？」

「静かにしろよ。首と胴体《どうたい》がバラバラになってもくっつけてやれないぞ」

王族の話はご法度《はっと》ということを思い出したジゼルは、じっとりとローガンを見つめる。

「なんか……すごく納得《なっとく》できない……」

「お前、俺にそんな態度取っていいと思ってんのか？」

ローガンは半身を起こすなりニヤリと笑ってジゼルの手を引く。またなにか悪戯《いたずら》されてはたまらないと身をすくめたのだが、ローガンは書類を放り出して立ち上がると、ジゼルを引っ張って西の見張り台まで連れていった。

「──なあジゼル、お前やっぱり王宮に残れって」

「残らないよ。もう決めたんだ」

ジゼルが王宮を出ると決めたことに対して、ローガンはずっと渋《しぶ》っていた。

「身バレが怖《こわ》いからとか、認められないからって王宮を離《はな》れるわけじゃないよ」

むくれたローガンにジゼルは弁明《べんめい》を始める。

「もっと自分の腕《うで》を磨《みが》こうって思って……いつか宮廷画家の推薦《すいせん》を受けても、恥《は》ずかしくないように」

一言一言、自分にも言い聞かせるように話すと、ローガンは一瞬《いっしゅん》驚《おどろ》いたあとすぐ口元に笑《え》みを乗せた。

「つまり、女流画家の『ジゼル』として夢を叶えるために、前に踏《ふ》み出《だ》すって意味か？」

「うん。だから、技術も人間性も磨かなくっちゃと思って。まずは女の子に戻《もど》って、城下でたくさん人と、絵と向き合っていく予定だよ」

「そうか……………ならいい、許す」

なんでローガンに許されなくちゃならないんだと疑問が浮《う》かんだが、見ればものすごく嬉《うれ》しそうな顔をしていたので、ジゼルは照れて下を向いた。

「そういえば、ローガンもやりたいことができたんでしょ？」

「……俺？」

「カヴァネル様が言ってたから。なにをやりたいのか知らないけど、頑張《がんば》ってね」

「あいつ余計なこと言いやがって……」

ローガンはぶすっとして一つ息を吐く。

「ローガンはずっと私のこと応援《おうえん》してくれたし、今度はお互《たが》いに応援し合おう！」

ジゼルはにっこりと笑って、城壁《じょうへき》に肘《ひじ》をついて顔を乗せた。

「これでローガンともお別れだね。私の秘密を誰《だれ》にも話さないでいてくれてありがとう」

おかげで、正体が露見《ろけん》することなくジゼルは王宮を去ることができる。

「ところで、ローガンは未《いま》だに男性趣味《しゅみ》だって、みんなに思われてるみたいだけど。誤解を解かなくて平気？」

「いい……これから先、ジゼル以外と恋人《こいびと》になるつもりはない」

「なに言ってるの？　あ……ふーん。私との『恋人』が思いのほかすごーく楽しくて仕方なかったわけね？」

「ああ。楽しかった。頑張ってる姿も、俺しか見られない寝《ね》ている顔も可愛《かわい》かったからな」

——冗談《じょうだん》で言ったつもりなのにとんでもない返事が来た。

どう反応したらいいかわからず困惑《こんわく》していると、ローガンはみるみる不機嫌《ふきげん》になる。

「あのなぁ……ここまで言ってやってるのに、なんで俺がジゼルのこと好きだってわかんないんだよ？」

「——へっ⁉」

「いい加減、鈍《にぶ》すぎる！　このお子様がっ！」

「え……お、怒《おこ》ってる……？」

「当たり前だ‼　俺をその気にさせたのはジゼルなんだからな！」

長い指先で額を弾《はじ》かれ、ジゼルは痛みに目をつぶった。

（え、えええ、なに、どういうこと⁉）

びっくりしすぎて、ジゼルの心臓があり得ない速さで脈打ち始める。

「待って、なんで……私？」

「さあな。俺だけ好きなのも不公平だから、ジゼルも少しは悩《なや》んどけ」

「なっ……なにその屁理屈《へりくつ》っ！」

じたばたして逃げ腰《にごし》になると、ローガンはジゼルの身体《からだ》を引き寄せる。

「少しは俺のこと意識しろ……あの毒入りの恋《こい》の薬を飲んでやってもいいんだぞ」

「なっ……ダメだよっ！　死んじゃったら困る！」

「ふーん。なら、そのまま俺のことを好きになれ」

「なにそれ、強引《ごういん》すぎるってば！」

わかったか、と言われてじっくり見つめられてしまい、ジゼルは身の置き所もない。改めて見れば、ローガンはつくづく美しい顔をしているのだ。

「……俺は、ジゼルにだけ好きって言われたいんだよ」

あわあわと慌てふためいていると、ローガンが距離《きょり》を詰《つ》めてくる。

「好きって言えよ。ほら、返事は？　言わないと――」

「えっと、ああぁっと……あの、ちょっと返事は……保留で！」

なぜか脅《おど》されるように告白されていっぱいいっぱいのジゼルの答えに、ローガンは不満そうにしながらも、ぐっと言葉を抑《おさ》え込《こ》んだ。

「まあ……その顔見れたし、今日のところは勘弁《かんべん》してやる」

ローガンはくつくつと笑い始め、ジゼルは「その顔ってどの顔よ」とむくれた。すでに彼のことで頭はいっぱいだったけれど、それは癪《しゃく》なので言わないでおいた。

「……ジゼルのおかげで、事件が解決できた。ありがとう」

まさか、ローガンの口から素直《すなお》にお礼が出てくるとは思ってもみなかった。

「ローガンが『ありがとう』って言うなんて……明日、嵐《あらし》が来るんじゃ……」

「お前なぁ、人がせっかくまじめに礼を言ってんのに！」

バチンと額を弾かれてジゼルは「痛いっ！」と小さく悲鳴を上げた。目を開けると、いつも通りの、でもほんのちょっと照れたようなぶすっとしたローガンが見えた。

こうして、忙《せわ》しなかった日々があっけなく幕を下ろし、ジゼルの新たな生活が始まったのだった。


王宮での交流会は大成功に終わったらしく、それに一役買った天才少年画家〈ジェラルド・リューグナー〉の評判は王都だけでなく国内外《こくないがい》に一気に広がった。

描かれた女王の表情に溢《あふ》れ出る慈愛《じあい》の色は、息子だけでなく国民を想《おも》う気持ちと同一視された。

今までの作風とは一味も二味も違《ちが》った〈ジェラルド〉の絵は、女王の内面を引き出した彼の最高傑作《さいこうけっさく》とまで賞《しょう》された。

しかしなぜか、〈ジェラルド〉はその後、忽然《こつぜん》と姿を消す――。

いったいどうして姿をくらませてしまったのだろうと、多くの国民が心配した。ジェラルドを宮廷画家にという声も多く寄せられたが、それがジェラルドの耳に届いているのかいないのか、誰にもわからない。

大騒《おおさわ》ぎする民衆がいる一方で、街角で絵を描く少女の姿が見られるようになったのは交流会のすぐあとからのことだ。

時には港近くで、時には広場の片隅《かたすみ》で、時にはメインストリートの一角で。赤髪《あかがみ》の少女は毎日のように絵を描き続けていた。

絵を立てかけておくイーゼルの横には『お好きなものをなんでも描きます』という紙が貼《は》られている。

初めのうちは女の子が路上で絵を描くなんてと、人々は冷たい視線を浴びせた。描いた見本に、わざわざいちゃもんをつけにくる工房《こうぼう》の見習い画家もいた。

みっともないと陰口《かげぐち》を叩《たた》かれても、彼女は決してめげずに描き続ける。

時折、気まぐれに絵を注文してくれる人もいた。その人たちはたいてい、描き上がった作品を見るなり、目をまん丸く見開いてコインを置いていくのだ。

少女は自分の絵を見て笑顔《えがお》になる客に何度もお辞儀《じぎ》をし、とても嬉しそうにしていた。

そうして一年も経《た》つと王都中で秘《ひそ》かに噂《うわさ》が立った。

ものすごく感動的な絵を描く、赤髪の少女の絵描《えか》きがいると——。

赤髪の少女の絵描き——ジゼルはお客さんが笑顔になるたびに、絵を描く喜びを噛《か》みしめる。一歩一歩着実に前に進んでいると実感する日々だ。


その日ジゼルが帰宅すると、家の前に馬車が停《と》まっていた。華美《かび》な装飾《そうしょく》と一緒に、豪華な紋章《もんしょう》がついているのが目に入る。

どこかで見たことのある光景だな……と不審《ふしん》げに近寄ってみると、いきなり扉《とびら》が開いてジゼルはあっという間に中に引っ張られた。

「わ、わ、わっ！　なにっ！」

抱《だ》きしめられて悲鳴が出そうになると、吐息《といき》とともに耳元で「ジゼル」と名前を呼ばれる。驚いていると、ニヤッと笑うローガンの顔が目に入った。

「ロ、ローガン!?」

御者《ぎょしゃ》に「出してくれ」というなり、馬車が動き始めてしまう。

「え、ちょっとなになに……突然《とつぜん》なに!?」

慌てふためくジゼルを再度ぎゅっと強く抱きしめて、ローガンはくつくつ笑う。

「相変わらずだな……少し縮んだか？」

「むしろ伸《の》びた、たぶん！　っていうか、久々に会ったのになにその挨拶《あいさつ》⁉」

耳の近くで聞こえてくる声にドキドキしてしまい、ジゼルはそれを悟《さと》られないよう必死で取《と》り繕《つくろ》う。

「ジゼル、ずっと会いたかった」

「えっ⁉」

「……………とでも言うと思ったか」

からかわれたことに気がついて、ジゼルはローガンの胸をポカポカ叩いた。

「っていうか、絵の具だらけで汚《よご》れてるから離して！」

「いいから、これ見ろ」

渡《わた》された封書《ふうしょ》を渋々《しぶしぶ》開けて見た途端、ジゼルは顔を輝《かがや》かせた。

「……〈準備が整いましたので、王宮へお越《こ》しください〉。カヴァネル様からだ……！」

「そういうこと。カヴァネルが待っているから迎《むか》えにきてやった」

王宮に到着《とうちゃく》すると、馬車から下りる際にローガンが手を差《さ》し伸《の》べてくれる。

「あ、そっか……女の子の服で来ちゃったから」

「ご案内しますよ、王都で評判の――赤髪の画家殿《どの》」

からかい交《ま》じりの口調とは反対に、優しい眼差《まなざ》しが降ってきてジゼルは頰《ほお》を真っ赤にした。

エスコートしてくれるローガンをちらりと盗《ぬす》み見《み》ると、少し身長が伸びたようだ。おまけに、顔を突《つ》き合《あ》わせていた頃よりも服装が豪華《ごうか》になっている。

格好よくて見とれそうになり、ジゼルはぶんぶんと首を横に振《ふ》った。

連れられて執務室《しつむしつ》に向かうと、カヴァネルが笑顔で迎《むか》えてくれた。

「お久しぶりです、ジェラルド殿。どうぞ、座ってください」

「わあ！　こんにちは、カヴァネル様！」

ジゼルがいた時とほとんど変わらず整然と片付いているが、机の上の書類の量は倍以上になっているようだ。

「元気そうでなによりです。ずいぶんと可愛《かわい》らしさに磨きがかかりましたね……」

ひどく含《ふく》みのある視線を向けられて、ジゼルは渡されたお茶のカップを持ったまま固まった。カヴァネルの水色の目は、笑っているようで笑っていない。

「あっ……」

ジゼルの反応をしばらくにっこりしたまま見たのち、カヴァネルはくすくす笑い始める。

「王宮にいた時、さすがに途中で気がつきましたよ、ジェラルド殿――いえ、ジゼル・バークリー殿」

「えええええ……っ⁉」

焦《あせ》ってローガンに助けを求めたが、俺も知らなかったんだよ、と目で訴《うった》えかけられる。

ずっと前に言われた侮辱罪《ぶじょくざい》、偽造罪《ぎぞうざい》、詐欺罪《さぎざい》その他もろもろ、悪けりゃ打ち首、よければ国外追放……を思い出してジゼルの血の気が引いた。

（じゃあ私、ここで死ぬ――⁉）

カヴァネルが待っているというのは、つまりジゼルの裁判《さいばん》が行われ罪を問う準備が整ったということだったのか……。

ジゼルが寒気に震《ふる》え始《はじ》めると、カヴァネルはにこにこと微笑《ほほえ》む。

「あっと、えっと、これはその……！」

大慌《おおあわ》てでしどろもどろな言い訳をするが、カヴァネルはついに堪《こら》えきれないというように噴《ふ》き出《だ》した。ジゼルは目を白黒させながら精いっぱい哀訴《あいそ》する。

「……あの……罪は償《つぐな》いますから、腕を切り落とすのだけは勘弁《かんべん》してほしいです」

「はい？　腕、ですか？」

「ええ。この国の伝統である、芸術への侮辱罪で切り落とされるんじゃ……？」

そんな物騒《ぶっそう》なことを伝えたのかと言わんばかりに、カヴァネルはローガンを見つめる。

じっとりとした視線を向けられたローガンは、気まずそうに目を泳がせた。

「犯人探しを手伝わせるのに、ちょっと脅しただけだ」

「――ローガン、あなたのほうが恐喝罪《きょうかつざい》ですね」

「は⁉　なんでだよっ！」

狼狽《うろた》えるローガンを無視して、カヴァネルはジゼルに向き直った。

「脅されていたのですから、お咎《とが》めもなにもありません。悪いのはローガンです」

ローガンはしくじったという顔をして、眉間《みけん》にしわを寄せた。

「あなたはもう少し勉強が必要なようですね。仕事をさぼって猫《ねこ》をかまうのもほどほどにしないと」

とてつもなく嫌《いや》そうな顔のローガンを見てジゼルが笑っていると、ドンと机の上に王宮にいた時の報酬《ほうしゅう》だというたっぷりの金貨が乗せられた。驚きに目を丸くする。

「え、え、多い……」

「あなたの働きからすればまだ足りないくらいですよ。さて、私からは以上です。ジゼル殿に話があるのでしょう、ローガン？」

「ああ――ジゼル、来い」

ローガンはジゼルと手を繋《つな》ぐと、執務室から飛び出した。

「どこ行くの？」

「黙《だま》ってついてこいって」

ローガンとジゼルを見るなり、通りがかる人々がハッとしたように敬礼する。なんだろうと思っているうちに、見慣れた部屋に到着した。

「えっ……ここ作業部屋……」

広い部屋には、多くのキャンバスと絵の具、いくつものイーゼルに調合油が揃《そろ》いもそろってきれいに並べられていた。そして、道具の一つ一つに、王家の紋章が入っている。

「なんで、どうしてローガン……？」

ジゼルは、ローガンの服をぐいぐいと引っ張った。

「約束しただろ。ジゼルが活躍《かつやく》できる環境《かんきょう》にするって。だから俺が用意した」

「ええと、ちょっと待って。だからってどうして……」

一介《いっかい》の従者であるローガンが、これらを用意などできるわけがない。ましてや、道具は王家の紋章入りだ。普通《ふつう》に考えて、おかしいことだらけだった。

伸びてきたローガンの指が、ジゼルの唇《くちびる》をなぞる。恋人設定はとっくに終わったはずなのに、その色気の溢《あふ》れる仕草にみるみるうちに顔中赤くなってくる。

「なんだよ今さら。出会ってすぐにキスした仲だろうが」

「なんで、そういうこと今言うのっ！　しかもそれ私が覚えていない時……！」

くつくつ笑いながら、ローガンはジゼルの伸びた髪の毛をすくって頭を撫《な》でた。

「ジゼル、これを見てほしい」

ローガンは自らの首元から、美しいブルーサファイアのペンダントを引っ張り出した。

「すごい、きれいな……え、王家の紋章⁉」

裏面《りめん》を見て、文字通りジゼルの目が飛び出しそうになった。

「これ誰の⁉　勝手に持ち出しちゃダメだって」

「あのなぁ……俺が首からかけてるんだから、俺のだよ！」

「はいっ……？」

「相変わらずとんでもない鈍《にぶ》さだな……俺だよ、継承権《けいしょうけん》が剝奪《はくだつ》されていた第一王子っていうのは。自分の立場を取り戻したんだ」

訳がわからなかったのだが、妙《みょう》にジゼルの脳内が冷静になってきた。

「黒髪《くろかみ》は国内であまり見かけないだろ。俺には異国の血が入ってるんだ」

チビの時は金に近い茶色だったのに、とローガンがぶつぶつ呟《つぶや》く声はジゼルの耳に届かない。

「今は母方の名字だが、俺の名前はローガン・エスター・ラズウェル。昔はエスターって呼ばれていた」

「……つまり、その……？」

騎士《きし》ではないのに許された佩刀《はいとう》。貴族出身でもない従者なのに、やたらと豪華な広い部屋に調度品の数々。

女王のことを知っていた素振《そぶ》りや、まるで見てきたかのように話す先王の肖像画の件。

それに、女王やウェアムに対する敬称《けいしょう》の省略に、従者という立場なのにもかかわらず、カヴァネルに対しても砕《くだ》けた口調を貫《つらぬ》き通《とお》す尊大さ。

——極《きわ》めつきは、ジゼルのために用意したという、王家の紋章入りの道具類。

ジゼルの頭の中でパチパチとピースが嵌《は》まっていく。

「……まさか、ローガンが王子様……？」

ジェフリーやラトレルが誕生する以前に、継承権を剝奪された王子がいたのは、ジゼルも知っていた話だ。

先王の肖像画とまったく同じ、ラピスラズリを嵌めたような濃い青色の瞳がジゼルを見つめてくる。

「えっ、エスター殿下……？」

——ローガンが肯定《こうてい》しながら笑う。

ジゼルは、この場所を初めて掃除《そうじ》したときのことを思い出した。

部屋の棚《たな》の奥に挟まっていたデッサン。描かれていたのは、先王と異国の女性……彼女はつまり、妃《きさき》として認められないまま亡くなったローガンの母親だったのだ。

だとすれば、ラトレルを解放するため、わざわざローガンが損な役を引き受けたのは、長いこと腹違《はらちが》いの弟と思っていた優しさからではないか。

ウェアムがローガンを殺そうとしていた理由も、今なら納得できた。

だ。

「そういうこと。で、ジゼルは今から俺付きの画家な」

ジゼルは腰《こし》を抜かした。床《ゆか》に座り込まなかったのは、ローガンが抱《だ》きとめてくれたから

「え、えええっ⁉」

「ちょ、ちょょっと待って……！」

「待たない。グズグズ言うならキスするからな」

どういう理屈《りくつ》だと思ったのだが、ローガンはジゼルの言い訳を聞く気はないらしい。

「俺は……宮廷画家としてジゼルが名を残すまで側にいる」

訳がわからず、ジゼルはパニックになったまま頭を抱《かか》え込《こ》んだ。

「無理ぃぃぃぃ、色々情報が追いつかない！」

平静さを失ったジゼルは、泣きそうになりながらローガンを見上げた。

「ただの従者のふりをして、騙《だま》していたのね？」

「人聞き悪いな。ジゼルだって、初め俺のこと騙していただろうが！」

それにうっと言葉を詰まらせた。

ジゼルを腕に抱え込み膝《ひざ》の上に乗せて椅子《いす》に座るなり、ローガンは色々と大変だったんだとぶつくさ文句《もんく》を言い始めた。

「――本当は、事件を解決したら王宮を去る予定だったんだ」

ラトレルの行方《ゆくえ》がわからなくなった時点で、カヴァネルはローガンを宮廷に呼《よ》び戻《もど》した。カヴァネルの目的としては、ローガンを王子にしてゆくゆくは玉座《ぎょくざ》にということだったが、ローガンは興味がないと突っぱねていた。

自分を追放した王宮に今さら戻ってこいと言われても、虫がよすぎる話だ。

「でも、カヴァネルはずっと継承権を戻すために尽力《じんりょく》していて、俺の了承《りょうしょう》ですぐに復権できるところまで漕《こ》ぎ着《つ》けてくれていた」

王宮も権利も心底どうでもいいと思っていたが、そんな時に女王が犯人かもしれないと言われて、ローガンは自らの待遇《たいぐう》は横に置いてカヴァネルに協力することにした。

母親を失った幼い頃に、面倒《めんどう》を見てくれていた女王の汚名《おめい》を雪《すす》ごうとしたのだ。

今ではそんな女王の口添《くちぞ》えもあり、色々な審議会やらなにやらを経てローガンは十数年間剝奪されていた本来の立場を取り戻した。

そして現在、王宮を出ていた空白の時間を埋《う》めるのに忙殺《ぼうさつ》されているという。

「まあ、継承権とか王子っていう肩書《かたが》きは今でもいらないと思ってるんだけど……。環境さえ整えば王宮に居るって言った生意気な画家がいたから」

それはまるで、ジゼルの活路を切り開くために、地位を得たのだとローガンに言われているようだった。

「言った通り、ジゼルみたいに才能のある人材が実力を発揮できる場をつくると決めた」

ローガンが約束を果たそうとしている。自らの能力を生かし、活躍できる国にするというとても難しいことに、しっかりと向き合ってくれたのだ。

「俺をここまでやる気にさせた責任はジゼルにあるから、覚悟《かくご》しろよ」

まともにローガンの顔が見られないまま、ジゼルは一言一句《いちごんいっく》を呑《の》み込《こ》むように小さく何度も頷いた。

「それはともかく、驚いたぞ。たった一年で王都中に噂が広がっているなんて」

「そんなことない、まだまだこれからで……」

「俺のほうが、まだまだだ。ほんとやること多くて。でも……ありがとう」

「えっ⁉ 私なにもしてな――」

「ジゼル」

ローガンに優しく名を呼ばれる。含まれた甘い響《ひび》きに、反射的に身を硬《かた》くした。よからぬ気配がして逃げようとしたが、ジゼルはローガンの膝の上に抱きかかえられたままだ。もちろん、ローガンがジゼルを逃がすはずがない。

「俺たちでこの国の常識を覆《くつがえ》すぞ。それから、保留にされていた返事はいらない」

「その、好きかどうかはまだ考えている途中《とちゅう》で……え、返事いらないの⁉」

「俺は恋をするならジゼルとって決めてる。逃がす気もないしな」

瞬《まばた》きをした隙《すき》に、ジゼルの唇にローガンのそれが重なる。

「……グズグズ言うならキスするって予告しただろ？」

一瞬頭が真っ白になってから、ジゼルは唐突《とうとつ》に現状を理解して混乱した。

「だから、キスは王子様みたいな人とって――」

「だから、俺が王子だよ。よかったな、これでファーストキスも文句ないだろ？　今度はちゃんと俺としたって覚えておけよ」

「……!!」

ニヤリと笑われたが、瞳はいつもと違って妙に熱を含んでいる。

思えば、ローガンが水を飲ませるためにキスをしたと言ってたけれど、ジゼルにその記《き》憶《おく》がないのだから、これがジゼルにとってのファーストキスには違いない……。

しかも王子様との……！

そう気づいて羞恥《しゅうち》に身をよじっているジゼルの頭を、ローガンがポンポンと撫でた。

――残念だけど完敗だった。

人をからかうことが大好きな、このドSな王子に敵《かな》うはずもない。

「……わかった。ひとまず、ローガン付きの画家として頑張る……でも、落ち着いたら色々文句言わせてよね！」

「いいぞ。また頭撫でながら聞いてやる」

そうじゃない！　とジゼルは抗議《こうぎ》するも――。

「女性として初の宮廷画家になるまで、頑張るから！　……ありがとうローガン」

　真っ赤になりながら見上げると、ローガンが見たこともないような優しい眼差しを向けてきた。俺こそありがとうとローガンが小さく呟いたような気がしたが、気のせいかもしれない。

　この先しばらく、ローガンに振り回されることになるのをジゼルは覚悟した。しかしそれと同時になんとも嬉しい話のように思えて、ドキドキと胸が高鳴る。

　ジゼルが、この国始まって以来の女流画家として活躍することは、きっとそう遠くない未来に起こり得《う》るはずだ。

おわり

あとがき

こんにちは、神原《かんばら》オオカミです。

この度《たび》は本作をお手に取っていただき、本当にありがとうございます。

第四回ビーズログ小説大賞にて、入選という望外な賞をいただいた作品です。

改題＆大大大改稿《かいこう》を経て、お手元に届けられることを嬉《うれ》しく思っております。

私自身、ずっと美術や油絵を専攻《せんこう》してきたということもあって、『画家の女の子が、王宮の事件に首を突《つ》っ込んだら面白《おもしろ》いんじゃない？』と安易な発想で書き始めました。

が。しかし、まあなんと難しいこと難しいこと……。

パソコンの前で岩のように動かなくなる、という謎《なぞ》の経験をたくさんしました。一体なんの修行《しゅぎょう》をしていたんだろう……？

そして改題の際に、『ドS』にしましょうと伝えていただいた時には、理解が追い付かず辞書で調べました。そんなわけで、恐《おそ》ろしい勢いでヒーローに泣かされる日々でしたが、無事にいい感じになってくれて良かったです。

次に、この作品を刊行するにあたってお世話になった方々にお礼を申し上げます。

ご指導くださった担当様。的確な助言で、物語を良《い》い方向に導いていただきありがとうございます。電話するたびに、頑張《がんば》ろう！　といつも勝手に勇気をもらっていました。

素敵《すてき》なイラストを描《えが》いてくださったryutani先生。嬉しすぎて飛《と》び跳《は》ねて騒《さわ》ぎまくっていました。パソコンの横に展示して執筆《しっぴつ》しています。

さらに、編集部の皆様《みなさま》を始め、校正様、デザイナー様、作品に携《たずさ》わってくださった多くの皆様、見守ってくれた家族に、励《はげ》ましてくれた友人知人の皆様、本当にありがとうございます。

最後に、こちらの本を読んでくださったあなたへ、最大の感謝を！

楽しんでいただける物語であることを祈《いの》っております。

神原オホカミ

※本書は、二〇二二年にカクヨムで実施された「第四回ビーズログ小説大賞」で入選した「嘘つき少年宮廷画家の憂鬱～デッサンは謎解きと共に～」を加筆修正したものです。

■ご意見、ご感想をお寄せください。
《ファンレターの宛先》
〒102-8177 東京都千代田区富士見2-13-3
株式会社KADOKAWA ビーズログ文庫編集部
神原オホカミ 先生・iyutani 先生

ビーズログ文庫

●お問い合わせ
https://www.kadokawa.co.jp/（「お問い合わせ」へお進みください）
※内容によっては、お答えできない場合があります。
※サポートは日本国内のみとさせていただきます。
※Japanese text only

天才《てんさい》宮廷《きゅうてい》画家《がか》の憂鬱《ゆううつ》
ドSな従者《じゅうしゃ》に『男装《だんそう》』がバレて脅《おど》されています

神原《かんばら》オホカミ

2022年10月15日 初版発行

発行者　青柳昌行
発行　株式会社 KADOKAWA
〒102-8177 東京都千代田区富士見2-13-3
（ナビダイヤル）0570-002-301
デザイン　みぞぐちまいこ（cob design）
印刷所　凸版印刷株式会社
製本所　凸版印刷株式会社

ISBN978-4-04-737213-9 C0193

定価はカバーに表示してあります。
◇◇◇